お隣さんと始める節約生活。2
電気代のために一緒の部屋で過ごしませんか？

くろい

ファンタジア文庫

2951

口絵・本文イラスト　U35

登場人物

間《ま》宮《みや》哲《てつ》郎《ろう》

（間宮君）

一人暮らしをする高校1年生。
隣に住む山野さんと一緒に
節約生活を始める。

山《やま》野《の》楓《かえで》

（山野さん）

一人暮らしをする高校2年生。
間宮君のお隣さん。
間宮君と一緒に節約生活を始める。

筑《つく》波《ば》恵《え》美《み》

（みっちゃん）

同じ学校に通う高校1年生で、
ウザ絡みが得意なクラスメイト。
間宮君とはなにか因縁があるらしい？

筑《つく》波《ば》恵《けい》子《こ》

（けい先輩）

高校3年生。
間宮君と山野さんの生活を
優しく見守っている。
みっちゃんとは姉妹。

間《ま》宮《みや》寧《ね》々《ね》

間宮君の姉で社会人の女性。
口調は厳しいが、
実際には間宮君に甘いお姉さん。

プロローグ

「生徒会役員に立候補します」

「生徒会役員に立候補してみない？」

俺と山野《やまの》さんの声が重なる。

そして、重なった声が告げる内容は似たようなもの。

山野さんに手を伸《の》ばそうと決意し、生徒会役員という立ち位置を得ようと勇気を出した。

もしかしたら、俺が生徒会役員に立候補しますと言った時、嫌《いや》な顔はされないだろうが、微妙《びみょう》な表情を浮《う》かべられたらどうしよう。

そう悩《なや》んでいたが、一安心である。

「あ～、良かった。誘《さそ》って間宮《まみや》君が微妙そうな顔をしたらどうしようかと思ってたよ」

「俺もですよ。生徒会に立候補しますと伝えて、山野さんが微妙な顔になったらどうしようって、考えてました」

二人して、断られたり、嫌な顔をされたり、色々と気苦労していたのだろう。

ほっとして、少し張《は》り詰《つ》めていた場の空気が和《やわ》らぐ。

「じゃあ、これで間宮君は私の右腕《みぎうで》として、扱《こ》き使えるわけだ」

「扱き使えるって、まだ、なれるかどうかも分かってないのに？」

「あはは、大丈夫《だいじょうぶ》だって。私なんて、先生に指定校推薦《すいせん》を狙《ねら》うのなら、部活に入ってないと、ちょっと苦しくなるぞ～、って脅《おど》されて入った身だし」

臆《おく》する事なかれ。

実際問題、そうなのであろう、山野さんは軽い感じだ。

「で、間宮君は実際のとこはなんで生徒会に入ろうと思ったの？」

「良いところの大学の指定校推薦を、狙ってみようかなと。ほら、何だかんだ、金銭的にも予備校に通うのは厳しいですし」

金銭的に予備校に通うのは厳しい。

過酷《かこく》な受験戦争を勝ち抜《ぬ》かなければ、たどり着けないような良い大学へ通ずる切符《きっぷ》。

それが手に入る可能性があるのならば、手を伸ばすのもありだ。

まあ、本音は山野さんが生徒会役員だからだけどな。

「間宮君も割と良い成績だし、普通《ふつう》に狙えるレベルだもんね」

「あ、でも、山野さんという心強い顔見知りが居るのも入ろうと思った理由です」

「お世辞でもそう言って貰《もら》えると嬉《うれ》しいよ」

「いえいえ、お世辞じゃないですって」

「そう？　じゃあ、多分だけど二学期になったら、すぐに生徒会についての説明会があるから忘れずに参加するんだよ？」

「はい。実はその辺りはスーパーでたまたま出会ったけい先輩《せんぱい》に色々と教えて貰ったので大丈夫です」

スーパーで会ったけい先輩に色々と聞いてある。

実は山野さんに言う前に、すでにある程度の下調べは済んでいる。

「下調べ十分。やる気満々だ」

「ええ、やる気十分です」

やる気に満ち溢《あふ》れる俺。

生徒会は不人気。やる気はあるが、このやる気は無駄《むだ》になるだろうなと、軽い気持ちで考えていた。

しかし、そう考えていた俺が後悔《こうかい》するのは少し先の話だ。

1章

二学期に入るや否《いな》や、生徒会についての説明会が行われる事に。

説明会が行われる視聴覚室《しちょうかく》に着くと、けい先輩が黒板に字を書いていた。

「まだ始まらないから座ってなさい。今年は一人だけでも、確実な立候補者が現れて良かったわ。去年は、この時期はまだ立候補者はゼロだったもの……」

それに軽く苦笑いを返し、俺は視聴覚室に置いてある椅子《いす》に座った。

数分が経《た》つと、説明会の場所である視聴覚室にそこそこの人数が集まる。


……どうやら、今年は立候補者が例年通りではなく、それなりに居るらしい。


二年生の役員は、欠員が出なければ持ち上がり。

ゆえに、この場に集まるのは、同じく一年生で生徒会を目指す者達。

想定外の出来事に震《ふる》えながらも、開始時刻を迎《むか》えた。

「お待たせしました。現生徒会長の筑波《つくば》恵子《けいこ》です。時間になりましたので、これから生徒会についての説明会を始めます。今年はたくさんの方が、説明会に来てくれて何よりです。それでは、生徒会の活動内容から……」

具体的な生徒会について、ほぼ引退しているが、現生徒会長の筑波恵子、俺がけい先輩と呼ぶ人から語られる。

あらかたの説明が終わると、けい先輩は先生にバトンタッチ。

バトンを受け取った、生徒会顧問《こもん》である山口先生は話を始めた。

確か、山口先生は綺麗《きれい》だけど、かなり腹黒いと有名な音楽の先生だ。

「今年はこちら側から生徒に声を掛《か》けなくて良さそうで一安心です。さてと、今回は人が多いので、立候補に関わる大事な話をしておきましょうか。暗黙《あんもく》の了解《りょうかい》となっている凄《すご》く大事な、立候補にまつわる注意事項《じこう》です」

大事な話という事で、変に体が強張《こわば》る。

緊張《きんちょう》する中、山口先生が告げた内容。

それは……

「成績が悪い人は立候補出来ません」

もっともな話だった。

高校は勉強するためにある。

生徒会活動もある意味、イベント運営や、組織の運営の難しさを勉強させてくれるに違《ちが》いない。

でも、優先順位は他に比べれば下だ。

「はい！　先生！　赤点ですけど、何とかなりませんか！」

勢いよく後ろで手を挙げたのは、成績が普通に悪くて補習を食らうようなやつ。

俺のクラスメイトで、グイグイ来るうざい系女子こと、みっちゃんだ。

「ダメですね」

きっぱりと断る山口先生。

みっちゃんは、負けじと山口先生に懇願《こんがん》する。

「そこを何とかお願いします！」

「だめです」

「次は赤点とりませんから！」

「それでもだめです」

押し問答をし始める二人、それに終止符《しゅうしふ》を打ったのはけい先輩だ。

みっちゃんの首根っこを掴《つか》んで、ずるずると引きずり、教室の外へと連れ出して行く。

「お姉ちゃんは私が生徒会に入りたいというのに、邪魔《じゃま》する気なの？」

「ええ、もちろんよ。あなたのお母さんに、成績が悪くて困っていると言われてるの。だから、これ以上、成績を落とすような事はさせられないわ」

「そ、そんな〜」

教室の外へと連れ出されそうな、みっちゃんと目が合う。

その目は、助けてくれというもの。

……そっと、俺は目を逸《そ》らす。それが癪《しゃく》だったのだろう。

「哲《てつ》君の薄情者《はくじょうもの》〜〜〜〜」

最後に盛大に俺を巻き込んで、けい先輩にしょっ引かれるみっちゃんであった。

「さて、お話の続きです。成績が悪い人はもちろん入れません。後は……」

山口先生による、立候補に関係する諸注意が長々と続く。

普段《ふだん》は立候補者数が少なく、学校側が生徒会に向きそうな子に声を掛けていた。

が、今回はそうは行かない。

生徒会に興味がある者が、そこそこ集まった。

その中には、学校側が求める資格を持ち得ていない人もいる。

みっちゃんは良い例だ。

この場にはみっちゃんと同じく、立候補することが出来ない生徒は絶対に居る。

無理だと分からせるための諸注意だろう。

そんな諸注意が終わった後、山口先生はちょっと意地悪に生徒たちに聞く。

「ここに集まった人で、生徒会に本気で入るつもりがある人は、どのくらい居ますか？　良ければ、手を挙げてください」

立候補するつもりがある人は、手を挙げてくださいと言われたので手を挙げる。

周りを見渡《みわた》すと、俺以外にもちらほらと居るには居る。

でも、集まった人全員が手を挙げていたわけではなかった。

生徒会に立候補するにあたっての諸注意を受け、自分が立候補出来ない側の人間であることを知ってしまい挙げられないのだろう。

単純に、ただ説明を聞きに来ただけって場合もあるけどな。

「なるほど。大体わかりました。それでは、立候補したいと思っている人は明日《あした》もここに集まってくださいね？」

立候補者が多ければ多い程、演説に取られる時間が掛かる。

演説をする際に、人が多ければ多い程、事前に確保していた日程では対応できない。

それが起きなさそうでほっとしているように見えた。

腹黒いと名高いのは、伊達《だて》ではないようだ。

「山口先生。それじゃあ、終わらせても大丈夫ですか？」

みっちゃんをどこかに捨て、いつの間にか戻《もど》って来ていたけい先輩に頷《うなず》く、山口先生。

それから、けい先輩はつつがなく説明会を終わらせた。

皆《みな》が皆、荷物を持って去ろうとしている中、俺に後ろから話しかけてくる誰《だれ》か。

「哲君の薄情者！　なに、あの人を憐《あわ》れむ目は！」

「追い出されたみっちゃんよ。なぜここに戻って来た？」

「忘れた荷物取りに来ただけだから。てか、哲君が生徒会に興味があったとはね。んで、目的はやっぱりあれなのかな～？」

「何のことだ？」

みっちゃんは俺が山野《やまの》さんに好意を抱《いだ》いているのを知っている。

生徒会に入る目的がそういう事だと言うのは、良く分かっているのだ。

「惚《とぼ》けても無駄。無駄」

「お前、なんで俺に、そんなうざいんだよ。そろそろ、いい加減に理由をだな……」

「そりゃあ、哲君が悪いんだからね。というか、さすがに一学期をかけても気が付かなかったし、カミングアウトしちゃおっかな？」

「ああ、してくれ」

雑な態度を取っていた俺の、度肝《どぎも》を抜く発言がみっちゃんから発せられる。

「だって、私。哲君の幼馴染《おさななじみ》だから」

「ん？」

「だから、私。哲君の幼馴染だから」

「んんん？」

「お、さ、な、な、じ、み。っと、聞こえた？　色々と話したそうな哲君やい。ここじゃ、あれだし場所変だ！」

＊

みっちゃんからの幼馴染だというカミングアウト。

より詳《くわ》しく、話を聞くべく、放課後の校舎裏へと場所を移した俺達。

「……幼馴染って。お前、あの坂田恵美《さかたえみ》なのか？」

「そだよ～。お母さんが再婚《さいこん》したから、筑波恵美になっちゃいました！」

「すみませんでした」

深々と頭を下げてみっちゃんに謝る。

だって、俺とみっちゃんは幼馴染。

俺の家によく遊びに来ては、俺の姉さんに構って貰《もら》っていた俺の幼馴染だ。

気が付かなかった俺は、とんだ最低野郎《やろう》。なにせ、みっちゃんが引っ越《こ》して行く前日。

『忘れないからな。どこかでまた会えたなら、俺から話しかける』

って、小学三年生の時、みっちゃんに伝えたのだ。

そりゃあ、その約束を忘れ、あたかも別人のように接して来るとか怒《おこ》って当然だ。

「本当にすまん」

「あはははは。哲君が平謝りしてるのが面白《おもしろ》いんだけど」

「非があるのは俺だしな」

「うんうん。という訳で、哲君が嫌《きら》いな、うざい系女子は今日でおしまいかな〜。ちょっぴり寂《さび》しくなっちゃう……」

異様なまでのうざさ。

それは俺の性格を知り尽《つ》くしているからこそ、為《な》せた技だったわけか……。

「悪かったな。色々と」

「いやー、楽しかったからオールオッケー」

「にしても、なんで俺は気が付かなかったんだろうな」

「名字が違うとか、気が付けなかった要因はたくさんあるもん。ま、たった数年のうちに、私がこんなにも可愛くてプリティーになったのもあるんじゃない？」

まあ、可愛いと言えば可愛い方だろう。

とはいえ、なんと言うか山野さんを好きになって以来、他の女の子を素直に、可愛いなあとは思えないのだ。

「うわ、何とも言えない顔してるとか、さいて～」

「わるいわるい。いや、普通《ふつう》に可愛いとは思うぞ？」

「ま、本命が居るもんね。さてと、そろそろ帰るかな～っと」

「またな」

みっちゃんには少し失礼だが、たかだかクラスメイトが幼馴染であっただけ。

今までと何かが変わるわけではない。

「あ、哲君。幼馴染だとカミングアウトしたんだしさ。今まで、出来なかったお願い事をしても良い？」

「良いぞ。忘れてたお詫《わ》びだ。出来る範囲《はんい》なら対処しよう」

「やったね。じゃあ、哲君のお部屋に遊び行きたい！　今まで、めっちゃ行きたかったけど、幼馴染だと忘れてたじゃん？　そんな私が哲君の部屋に行きたいとか言うの、おかしかったから」

「……いや、無理だ」

山野さんとお隣《となり》だとバレたくない。

みっちゃんに知られてしまえば、うるさく騒《さわ》ぎ立てられる可能性が非常に高い。

と思っていたのだが、あの不快な間に割り込むような行為《こうい》。

それが俺への嫌《いや》がらせだったと言っているわけで、実際問題、そこまでうるさくはしなさそうではある。

俺にしていたような、グイグイ行く感じ。それを他の人にもしていれば、嫌われ者になっているのだから。

とはいえだ。

さすがにうざい系は止《や》めると言っているが、信用できるかと言えば微妙《びみょう》なライン。

顎《あご》に手を当て、思いに耽《ふけ》る俺にみっちゃんが衝撃《しょうげき》的な事を言った。

「山野先輩《せんぱい》とお隣同士なことは分かっている。安心したまえ。哲君やい」

「え？」

「だから、山野先輩と哲君がお隣だということは知ってるってこと。大方、これがバレたら、煩《うるさ》くされるとでも思ってるから、断ろうとしてるんでしょ？」

「……まあな。というか、知ってたんだな」

みっちゃんは知っていた。

男子に話せば俺は格好の餌食《えじき》、幼馴染だと忘れていた俺に対して、盛大な復讐《ふくしゅう》が出来た。

それだというのに、俺と山野さんの関係性を黙《だま》っていたのだ。

「私だって、人の子だよ？　まったく、悪魔《あくま》か何かと勘違《かんちが》いしてない？　さすがに、周りに言いふらして良い事と、そうじゃない事くらい、わかってるっつうの！」

「悪い。お前のこと、相当にうざい奴《やつ》だと思ってたからな。つい……」

「ひっどい！　もう頭来ちゃいました～。ぜ～ったいに哲君のお部屋に遊びに行っちゃいますよ～だ！」

俺と山野さんがお隣同士だと知っていて、黙っていた。

それなら、何か酷《ひど》い事をしでかすことは無さそうと言えば、無さそうだ。

しかし、今までの前科が重すぎるしなあ……。

「で、実際問題。みっちゃんよ。お前は俺の味方なのか？」

「味方に決まってるじゃん。あの、夏祭りの時も、さりげな～く力添《ちからぞ》えしてあげたのをわすれたの？」

「さりげなく？」

「本当はあんなにウザ絡《がら》みしていくつもりは無かったんだよ。でもさあ、どう見てもただ単に遊びに来た二人って感じなんだもん。だから、ウザ絡みして互《たが》いに意識させてあげようとしたわけ」

「てっきり、あれはタダの嫌がらせだと思ってたんだが？」

「なわけないじゃん！　夏祭り前にはもうほとんど、私から茶々入れてなかったじゃん！　あれからどう？　とか全然なんも聞いてなかったじゃん！」

そう言えば、そうだ。

インパクトが強いだけで、そこまでみっちゃんからのウザ絡みは、受けていなかったような気もする。

「でも、今更《いまさら》、実は良い子でしたアピールされてもなあ……」

「私を部屋に連れ込めば、良い事ずくめだよ？」

「どういうことだ？」

「私を部屋に入れた。山野先輩が哲君の事を何も思ってなければ、『ふ～ん』ってなるわけで、何か思ってたら、露骨《ろこつ》に機嫌《きげん》が悪くなるかもしれないでしょ？」

俺が今一番困っているのは、山野さんが俺をどう思っているかわからないことだ。

あそこまで、仲良くしていると言うのに何事も無い。

だからこそ、俺の事を友達としか思ってないのでは？　と苦しんでいる。

みっちゃんを部屋に招待。

その後の反応を見る。山野さんが俺の事を友達か、はたまた好きな相手として見ているかどうかを判別できるかもしれない。

「姉さんの時みたいに、露骨に避《さ》けられたら心が折れそうだ……」

「寧々《ねね》ちゃんの時？」

「ああ、そうだ。姉さんが俺の部屋に来た時、ハンカチを忘れて行った。それを見た山野さんが、俺に女がいるって勘違いして、少し距離《きょり》を取ろうとしてきたんだよ」

「そういう反応されるっていう事はやっぱり脈なし？　脈ありだったら、もっとグイグイ来ると思うんだけどなあ……。あ、でも、いくら好きになったとはいえ、相手に付き合ってる人が居たら身を引く場合もあるかも……。ん～、よく分かんないや」

「だろ？　あの時に身を引こうとするんじゃなくて、嫉妬《しっと》でもしてくれてたら、告白する決心がついたんだがな」

「嘘《うそ》つけ。哲君がチキンハートなのは知ってる。そんくらいじゃ、絶対に告白してない」

「……まあ、それは置いといてだ。確かに、お前を部屋に呼んで、山野さんがどういう顔をするのか見るってのもありかもな」

「ほほう、という事は?」

「良いぞ。部屋に来ても」

　こうして、俺は幼馴染であったみっちゃんに部屋を見せてやることにした。

そう、山野さんが俺の事をどういう風に思っているのかを確認するために。

ハンカチの時と同じように身を引かれるんじゃなくて、嫉妬して貰えることを夢見て。

今までは臆病《おくびょう》になりすぎていたが、もうそれは止めだ。

もっと、山野さんに対して貪欲《どんよく》に色々と攻《せ》めて行こうではないか。

*

「意外と綺麗《きれい》にしてるじゃん」

みっちゃんを部屋に招き入れる。

すると、部屋の隅々《すみずみ》を細かくウロチョロしてはしゃぐ。

同年代の男の子の一人暮らしの部屋だ。普通は見れるものじゃないし、楽しくなってしまうのは致《いた》し方がない。

俺だって、別に好きでも何でもない同年代の女の子の部屋に遊びに行けば、今のみっちやんみたいにとまでは行かないが、はしゃぎたくなる。

まあ、気の知れた相手の部屋でなければ、はしゃぐのは遠慮《えんりょ》はするけどな。

「満足したか？　なら、さっさと帰れ」

「え〜、せっかく遊びに来たんだよ？　そりゃないよ。哲君」

「とは言うが、何か俺の部屋でしたい事でもあるのか？」

「ないけど？」

「なら、そろそろお帰りをだな……」

「ひどい！　まったくもう、そんな雑に扱《あつか》う哲君にはお仕置きが必要だ」

みっちゃんは携帯《けいたい》を弄《いじ》る。

そして、何やら動画を再生し始めた。

音量は小さくて、最初はどんな動画を再生しているか分からなかった。

が、音量が徐々《じょじょ》に大きくなり、次第にどんな動画を再生しているのか明らかになる。

『あっ、んっ、ああん』

「おま、人の部屋でエッチな動画を流すなって！」

「ふっふっふ。このまま、大きな音にしてけば、いずれお隣である山野先輩に筒抜《つつぬ》け。次に顔を合わせるのが楽しみになるでしょ！」

絶対に気まずくなる。

山野さんからしてみれば、俺の部屋からいやらしい音声が流れて来たわけで。

どういう顔をして会えば良いのか、分からなくなるに決まっているだろう。

「まあまあ、これは哲君のためを思ってなんだよ。もし、この音声を山野先輩が聞いていたとする。で、次に会った時に露骨に避けられた。『間宮《まみや》君って変態なんだね』と言わんばかりな顔。そうしたら、脈なしだってはっきり分かるでしょ？」

「つぐ、お前なあ。他人事《ひとごと》だと思ってやりたい放題しやがって」

「哲君がどうしようもなく臆病なのは、昔と変わってない。だったら、このくらいやってあげないと」

「はあ……」

ため息を吐《つ》いた。

そして、気まずくなりたくないので、エッチな動画を再生させるのを止めさせた。

聞こえてないか心配な中、みっちゃんが次に何をやらかすか戦々恐々《せんせんきようきよう》と震《ふる》える。

「冷蔵庫は～。ちぇ、なんも面白《おもしろ》いものがないや」

「勝手に人んちの冷蔵庫を漁《あさ》るな」

「しょうがないなあ。私の飲みかけのジュースでも入れておいてあげる」

ほぼ空のペットボトルを冷蔵庫に入れやがった。

やりたい放題で、頭を抱《かか》えるしかない。

私物チェックだの。お洋服チェックだの。人の部屋を散々に荒《あ》らしていく。

「さて、私はそろそろお暇《いとま》するかな」

「おい、この部屋の散らかりをそのままにして帰る気か？」

「もちろん！　んじゃ、頑張《がんば》ってね～。こんだけ、騒げば山野先輩も哲君のお部屋に誰《だれ》か来ていたのに気が付かないわけないし！　いや～、騒ぐのって意外と大変だよ」

「どう見ても、ただ単に楽しんでいただけだろうが。ほら、さっさと帰れ」

「はいはい、帰りますよ～。んじゃ、山野先輩の反応をしっかりと見て、どういう風に思われてるか、ちゃんと確かめるんだよ？　あ、あと、私の名前を出すのは本当に最後の最後にしとくんだよ～」

帰る時は急。いそいそと帰り支度《じたく》を終えて去っていく。

あいつはあいつなりに俺の恋路《こいじ》を手伝ってくれてはいる。

とはいえ、ちょっとやり方が過激なんだよなあ……とか思いながら俺は散らかされた部屋を綺麗に掃除《そうじ》するのであった。

で、掃除を始めて10分が経《た》とうというときだ。

誰かが俺の部屋のインターホンを押した。

誰が来たかを確認もせず、俺は玄関《げんかん》のドアを開ける。

大体俺の部屋に来るのは決まっているしな。

「間宮君。ちょっと、煮物《にもの》を作りすぎちゃったんだけど、食べる？」

タッパーに入った煮物を持った山野さん。

目が少し泳いでいる。

まるで、煮物を持ってきたのがついでで、本題は別だと言わんばかりだ。

「ありがとうございます。じゃあ、有難く貰《もら》います。ところで、うるさくなかったですか？　ちょっと、人が来てまして」

「ちょっと聞こえたけど、そこまでじゃなかったよ？」

「そうですか」

いつもの俺なら、『〇〇ってやつが来てまして』とか誰が来たのかを教える。

でも、今日は意地悪に何も言わないで、山野さんの反応を見るのに徹《てっ》することにした。

「……」

「どうしましたか？　黙《だま》って」

「いや、うん。なんと言うか、そのさ、ほら、ね？」

もごもごと本題に踏《ふ》み出せない。

俺の部屋に一体誰が来ていたのか気になって仕方がない、としか見えない山野さん。気にされている。

俺の事を気にしている。それだけで嬉《うれ》しい。

にやけ顔が表に出たがっているが、それを抑《おさ》えながら話し続ける。

「ああ、煮物をあげたんだから、何か無いの？　って事ですか？　すみません、後で今日作る予定のタンドリーチキンをお裾《すそ》分《わ》けしに行きます！」

「え、あ、うん……そ、そうだよ。煮物をあげたんだし、ちょっとお返しを期待してたんだけど、言いにくくてね？」

お返しを期待してたが、言いにくかった……なわけがない。

山野さんが俺に何かをして、見返りを貰おうだなんて思っていないのは知っている。

俺の部屋に誰が来ていたのか気になるあまり、俺に言われたことを受け止め、適当なことを言ってしまったわけだ。

何この可愛い山野さん。

このまま、はぐらかし続けて、様子を見たくて仕方がない。でも引き際《ぎわ》も肝心《かんじん》だしな。

だが、ただ終わらせるわけじゃない。

みっちゃんという女の子がやって来た事をカミングアウト。

その反応を見て、俺がどう思われているのかを大いに確かめようではないか。

「あ、そう言えば、聞いてくださいよ。さっきまで、みっちゃんが俺の部屋に来てたんですけど、滅茶苦茶《めちゃくちゃ》に部屋を荒らしてったんですよ」

「……そっか」

「え、いや、えっと」

そっか、で済まされた？

え？　なんでだ？　なんでなんだ？　という焦《あせ》りがつい顔に出てしまう。

「ん？　何かあったの？」

山野さんの顔は一変し、すっきりとした面持《おもも》ち。

それって、つまり、今までの山野さんの曖昧《あいまい》そうな顔をしていた、その顔は単に勘違《かんちが》いで、俺に対して山野さんは何も気にしていなかった？

いやいや、そんなわけが……

「間宮君が女の子を連れ込むのに対し、私が焦るとでも思ってたの？」

「その、俺が女の子を連れ込んでたのに焦らないんですか？」

「ん～、相手がみっちゃんだし」

本当に焦っておらず、余裕《よゆう》を感じる。

先ほどまでの、あのおどおどした感じは俺の勘違いだった……のか？

「で、ですね。みっちゃんですし、なにもやましい事は無いです」

「間宮君さ〜。もしかして、私がみっちゃんを連れ込んだ事に対して、焦るかもとか思ってた感じでしょ」

「まあ、そこそこ」

「うんうん。でもね。私はみっちゃんと間宮君がどういう関係か知っているんだよ」

「ん？」

つい、頭を横に傾《かし》げてしまった俺に続けて教えてくれる。

「幼馴染《おさななじみ》だって事を。そして、幼馴染だという事を忘れてて、みっちゃんに嫌《いや》がらせでウザ絡《がら》みされてることも知ってる」

「何でそんなことまで……」

「まあ、だいぶ前の事だし覚えてないか。ほら、スーパーでけい先輩《せんぱい》とみっちゃんに出会ったことがあるじゃん？　その時に、私はどうして間宮君にみっちゃんがうざくするのか、答えをけい先輩に聞いて教えて貰ってるんだよ」

「そんなことありましたっけ？」

思い出せはしないけど、山野さんは嘘《うそ》を言っていないのは分かる。

とはいえ、そんなことがあったかどうか、いまいち思い出せない。

「あった。あった。で、あの時に色々と知ってるわけだよ。そして、間宮君の性格上、みっちゃんが幼馴染だと知れば、真っ先に面白話として、私に話してくれるだろうし」

「それでも俺がみっちゃんと良い仲だと疑えると言えば、疑えますよね？」

「ん？　それは今確かめた。ほら、自分の顔見てみなよ？　どう見ても、みっちゃんとなんもありませんよ〜って顔してるから」

なるほど。今の俺の態度はみっちゃんと付き合っているように見えない。

要するに、山野さんは俺とみっちゃんの関係性を半信半疑であったが、敢《あ》えて信じ切った様子を見せつけてるのだ。

それによって、俺が白か黒かを判別したわけだ。

「っく、山野さんをちょっとあたふたとさせられるって思ってたのに」

「甘いよ。間宮君！　私のことを慌《あわ》てさせて、楽しもうなんて百年早い！」

「みっちゃんという名前が出る前は、なんとなく誰か来ていたのか気になって、そわそわとしてたのに？」

意地の悪い微笑《ほほえ》みを浮《う》かべながら言った。

「ほんと酷《ひど》い後輩だよ。誰だって、お隣《となり》の仲良しさんが誰かと仲良くしてれば、気になるに決まってるでしょ？」

＊

みっちゃんが俺の部屋を荒らしていった次の日。

「という事があった」

みっちゃんに、事の顚末《てんまつ》を語る。

すると、呆《あき》れ果てた様子で俺に言った。

「私言ったじゃん。私の名前は最後の最後まで出さない方が良いよってさ」

「……あ、そう言えばそんなことを言って、帰ってた気がする」

「哲君には期待してなかったけど、まさかここまで木偶《でく》だとは思わなかったよ。さて、そんな哲君にはちょっぴり良いものをあげようではないか！」

財布からレジャー施設《しせつ》の割引券らしき物を取り出し、俺に押し付けて来た。

「それを口実にデートに誘《さそ》っちゃいなよ。やる気はあるんでしょ？　早くしないと誰かに盗られちゃうかもだし！」

「誰かに盗られる？」

「二年生は、今が恋愛《れんあい》の旬《しゅん》。本格的に受験を考える少し前。山野先輩はとっても可愛い。それこそ、お近づきになりたい人がたくさんいて、モテないわけがないじゃん」

学校での山野さんの事は知らない。確かに可愛いし、モテるだろうとは思っていた。

モテる。俺以外の人からもモテるのだ。

二年生の秋は恋愛の旬。

三年生になれば、忙《いそが》しくなり、恋愛どころじゃ無くなるのはみんな分かっている。

それゆえ、恋愛に積極的になる季節。

「……山野さんって告白されてるんだろうか？」

「されてるんじゃない？　私のお姉ちゃんと違って、トップクラスに可愛くて目立つわけじゃないけどさ。なんと言うか、親しみやすい性格してるし。もう、あれ？　これ、告白したら行けるんじゃない？　って山野先輩に勘違いして告白しちゃう人はぜ～～～ったいに居るね」

「うぐっ」

「お隣さん同士で特別なお友達だけどさ、別に付き合ってないんだし、普通《ふつう》に山野先輩を、他の人に持ってかれちゃうよ？」

グサグサと俺に刺《さ》さる言葉の刃《やいば》。それから逃《に》げるんじゃなくて、立ち向かう。

自分を鼓舞《こぶ》しながら、俺はみっちゃんに頼《たの》む。

「なあ、これからも山野さんの事を相談しても良いか？」

多少うざいところもある。

がしかし、俺の持っていない積極的に行動する力を持っているみっちゃん。

彼女に相談するのは決して間違いじゃないはずだ。

「ん～、もう色々としてあげてるじゃん！」

「つまり？」

「しょうがないなあ。手伝ったげる！　まずはさっき渡《わた》した割引券を口実に山野先輩をデートに誘う。良い？　早くしないと、本当に誰《だれ》かに盗られちゃうよ？」

貰った割引券を手に俺は山野さんをデートに誘う事を決意する。

なあに、夏祭りの帰り道。

『今度は俺から山野さんを遊びに誘っても良いですか？』と言っている。

いきなり、遊びに誘っても変じゃない。変じゃないよな？

「っと、哲君。そろそろ、生徒会についての説明会の時間じゃないの？」

「まだあと10分あるが、そろそろ行くか……」

「そうだ。哲君がやる気を出せるように言っとくね！　どうして、今まで不人気だった生徒会が今年は人気になったと思う？」

「ただ単に、興味がある人が多かっただけじゃ？」

「ちっちっち。あそこに集まったのは山野先輩が目当てだから」

「……マジか」

「大マジの大マジだって。山野先輩はモテるって話をしたでしょ？　ありゃあ、相当にモテてるよ。誰にでも、気さくで分け隔《へだ》てない性格。そんな人ともっと仲良くなりたいって人たちがあそこには集まってたわけ」

「……もっと、危機感を持たないとダメ？」

「うん！　哲君はもっと頑張《がんば》らないと」

そんな言葉を聞いて、俺は山野さん目当てにやって来た人たちにだけは選挙で負けたくないと思いながら説明会へと向かった。

＊

「さてと、哲君やい。ちゃんと頑張りたまえ。たぶん、哲君が思っている以上に、山野先輩との日々は、このままだと長く持たないだろうし。てか、あそこに集まった人が山野先輩目当てとかいう馬鹿《ばか》な嘘に引っかかるとか、恋《こい》しすぎて不安だよ」

愚痴《ぐち》を言いながら、レジャー施設の割引券を渡したせいで、乱れているお財布を正す。

他にも入れていた割引券をしっかりと揃《そろ》えて……

「あ、渡すの間違えた。遊園地の割引券じゃなくて、プールの割引券を渡しちゃってるじゃん。う〜ん。あの二人の仲ならプールデートでも大丈夫《だいじょうぶ》だろうけど……。さすがに、プールデートとか、いくら好きな相手から誘われても普通に断っちゃう人が結構いるんだよね……」

お腹のお肉をつまむ。

好きな相手にはだらしない体を見せたくないのだ。

「ま、さすがに哲君も馬鹿じゃないだろうし。プールデートには誘わないでしょ」

2章

視聴覚室《しちょうかく》で行われる生徒会役員選挙についての説明会。

一回目の説明会に比べ、明らかに人が減っていた。

生徒会顧問《こもん》である山口先生の、立候補についての諸注意が原因なのは明白。

なにせ、諸注意の中で、『怒《おこ》りっぽい人や、友達と仲良く出来ない人は生徒会に向いてません』とか言って露骨《ろこつ》に集まった人を脅《おど》し、ふるいにかけていたし。

「ん～、やっぱり随分《ずいぶん》と減りましたか」

どの口が言う。

ここに集まった皆《みな》がそう言いたげに、山口先生の事を見つめてる気がした。

時間は定刻に。後は誰も来なさそうなことを確認し、先生は話を始めた。

「それでは第二回、生徒会役員選挙についての説明会を始めます」

二回目の説明会は立候補者が提出する書類。

その他、事務的な手続き等々、本当に立候補をするんだと意識させる内容。

粛々《しゆくしゆく》と続く説明の中、山口先生が、一つの役職に立候補者が偏《かたよ》るのを防ぐべく、アンケートを取り始めた。

「生徒会副会長に立候補したい人は手を挙げてくださいね～」

二人。ちなみに一人は俺だ。

「じゃあ、次は書記に立候補したい人～」

二人。

「それじゃあ、最後。会計に立候補したい人は手を挙げてください」

四人。

「ふむふむ。一つの役職に、極度に偏らなさそうで安心しました。あ、もちろん。今、手を挙げた役職に必ず立候補する必要はないですよ？」

副会長に立候補しようとする人と言われた時、手を挙げたのは俺ともう一人。

確か……サッカー部で、入部したてだというのにスタメンを勝ち取ったエース。名は八坂勇将《やさかゆうしょう》だ。

男女みんなに顔が知られている人気者。

そんな相手と争った所で勝てるか？　立候補する役職を変えるべきか？

これから、どう立ち回るべきか悩《なや》みながらも、説明会は終わりを迎《むか》えたのであった。

説明会が終われば、視聴覚室に残る必要も無く、荷物をまとめて帰ろうとした時だ。

俺に話しかけて来る山口先生。

「間宮哲郎《まみやてつろう》君。少しお話があります。残って貰《もら》えますか？」

「え、あ、はい」

言われるがまま残ること数分。

視聴覚室には俺と山口先生しか居なくなった。

「うちの高校がどうして持っているか分からない位の、かなり偏差値《へんさち》が高い大学の指定校推薦《すいせん》をご存じですか？」

「知ってますけど……」

「大きな声では言えませんが、うちの高校は指定校推薦を欲しいと申請《しんせい》した際、成績に加えて、校内での活動実績が加味されて判断されます。そして、生徒会は校内の活動実績の中でも、かなり上位の位置付けがされてるんです」

真剣《しんけん》な面持《おもも》ちで話され、緊張《きんちょう》する。

腹黒いと名高いが、不思議と嫌《きら》っている生徒は居ないのが山口先生。

今、この状況《じょうきょう》はその意味がよ～く分かると言っても言い過ぎではない。

「つまり、俺があの良い指定校推薦を取るためにも、何としてでも入った方が良いと」

「はい……。実はちょっと間宮君の事が気になって調べさせて貰いました。すると、私と同じく珍《めずら》しい事に高校生で一人暮らし。まあ、言い方は悪いですが住んでいるアパートからして、余裕《よゆう》がある家庭ですが、裕福《ゆうふく》ではありませんよね？」

当たっている。余裕がある家庭だが、裕福とまではいかない家庭だ。

そんな家庭だからこそ、料金の高い予備校には通えない。

「あの指定校推薦の大学は、本当にしっかりとした予備校に通って、さらに努力し、やっとの思いで合格するレベル。まあ、あれです。私も珍しく一人暮らしの高校生だった。頑張って、良い大学に行こうと努力しましたが……叶《かな》いませんでした」

「心配してくれてるって事ですか？」

「はい。良い大学に通うって事はそれだけで、人生を豊かにしてくれる可能性が高まります。それは多くの生徒に言えるんですが、どうしても、私と同じ境遇を味わっている生徒を見てしまうと、肩入《かたい》れしたくなっちゃうんですよね……」

先生としては失格でしょ？　と少し浮《う》かない表情だ。

うん、腹黒とか思ってすみませんと言いたくなってきた。

「確かに凄《すご》く魅力《みりよく》的ですよね。頑張ります」

「最後にもう一言。私から言わせてください」

「何ですか？」

「くれぐれも羽目だけは外し過ぎないように。損得が分からない年じゃないんですから。人生をちゃんと考えること」

俺の事を調べていて、現生徒会役員である山野《やまの》さんの事を調べていないわけがない。

俺と山野さんがお隣《となり》同士だと山口先生は知っている。

あれ？　もしかして俺。

山野さんとの事で釘《くぎ》を刺されてるのか？

＊

断言はされていないが、山口先生の発言に肝《きも》を冷やしながら、アパートに帰ると、玄関《げんかん》付近で山野さんと出くわす。

「あ、間宮君だ。どう生徒会選挙の方は順調？」

「それが困った事に順調じゃないです。立候補者多数で、普通《ふつう》になれないかも知れませんって感じでして……」

「そうなんだ。てっきり、今年も立候補者が中々現れなくて困った事になるのかなと思ってたのに」

「まあ、出来る限りの事はします」

本当にこう言うことしかできない現状が辛《つら》い。

せっかく、山野さんと学校でも繋《つな》がりを持てると思っていたのにな。

「ん～。頑張るって言っても……」

学校で大した人気も無い俺が、生徒会選挙を勝ち抜《ぬ》けるとは思っていない山野さん。

少しがっかりしたように肩《かた》を落とす。

「まあ、まだ無理って決まったわけじゃないですって」

「だけどさ～」

戦敗ムードがもう漂《ただよ》っている。

普通に何事も無く、生徒会役員になれると思っていただけに、やるせない気分だ。

「そう言えば、玄関付近で会いましたけど、どこかに行ってたんですか？」

制服ではなく、ジャージ姿。

幾《いく》らご近所と言えど、ジャージ姿で出歩くのは少し目立つ。

気にしない人は、普通にコンビニとかスーパーまで行ってしまうが、山野さんは違《ちが》う事を俺は知っている。

「ちょっと運動してただけ」

「確かに、暑さも和《やわ》らいで来たし、運動には持って来いです」

「今、だいぶお肉がヤバいんだよ……」

二の腕《うで》が気になっているのか、手で揉《も》み揉みしている。

それに釣《つ》られて、俺も自分の腕を揉む。

「同じく、ヤバいかもしれません」

想像を遥《はる》かに超《こ》え、自分の体がだらしなくなって来ていることに気が付いてしまう。

夏休みと言えば、学校は無く部屋でだらだらと過ごしていただけだったしな……。

そりゃ、太るし、だらしなくなる。

加えて、中学の時は割かし体を動かすタイプだった。こっちに引っ越《こ》してきてから徐々《じょじょ》にインドア派になったせいで、筋肉も落ちたしな。より一層だらしなくなるわけだ。

「どれどれ。ちょっと失礼……」

「山野さん？」

「確かに、前に比べると、だらしなくなって来てる」

俺の二の腕を揉みしだいて来た。

揉みしだく手は、さらにわき腹へと伸《の》び、むにむにと俺のわき腹を揉んで来た。

「いや〜、でもこの揉み心地《ごこち》は中々……。私って、ぽっちゃり系が好きなのかな？　いやいや、あの引き締《し》まってる感じも中々に捨てがたいし……」

何かと葛藤《かっとう》しているご様子。

というか、あの引き締まってる感じも中々に捨てがたいって、いったい誰《だれ》のだ？

「引き締まってる感じって、誰の引き締まってる体を触《さわ》ったんですか？」

「え〜っと、そ、それは」

困った様子。

大方、運動部に入っている、友達の女の子だろうと高を括《くく》っていたが違うみたいだ。

「大方、運動部の女子だと思ってたんですけど……」

「そ、そう。そうそう。運動部の子にちょっと触らせて貰ったんだ〜」

誰が見ても、絶対に違うと言い切れる不審《ふしん》さ。

俺に言いづらいって事は、引き締まってる体の持ち主は……

「なんか怪《あや》しいですね。本当は運動部の女子じゃなくて……男ですか？」

「うぐっ。そうだよ！　女の子じゃないですよ〜だ」

大ダメージを受ける。

俺が知らない引き締まってる体の男に、触《ふ》れる姿を想像するのがしんどい。

辛くとも、触れた相手が山野さんと、どういう関係なのかを、知らないのは不味《まず》い。

「で、誰なんですか？」

「……意地悪」

い、意地悪だと？　つ、つまりは、言わせるなって事で……。

そ、そんな俺に隠《かく》したいような男が？

「まあまあ、そんなこと言わずに教えてくださいよ。俺と山野さんの仲じゃないですか」

「んっ！」

子供の駄々《だだ》を感じさせながら、指差した先。

それは、俺だった。

よくよく思えば、山野さんにはくすぐられてるし、普通にがっつりと触られていた。

なるほど、引き締まってる体の持ち主は俺だったわけだ。

「確かにそうですね。くすぐられた時に触られてました。てっきり、俺以外の誰かの引き締まってる体を触ったと勘違《かんちが》いしちゃいましたよ」

「なわけないじゃん。男の子の友達でそこまで仲がいい子なんていないから。というか、てっきりあの事がバレてたのかと……。あ、う、ううん何でもないよ」

「ん？　あの事？」

山野さんが何かを言いかけた。

「何でもないよ」

「怪しい……。って、ん？」

待て待て、そもそもくすぐられた時の俺って、すでに結構たるんでたぞ？

つまり、俺がたるんでなかった頃《ころ》、山野さんは俺に触れていた。

少し前どころか、相当前に俺の体に触れていたことになる。

「もしかして、鍵《かぎ》を無くして、俺の部屋に泊《と》めた日とかですか？」

「……仕方ないじゃん。触ってみたくて仕方なかったんだし」

カマをかけると、不貞腐《ふてくさ》れながら白状する山野さん。

本当にあの時に触られていたらしい。それを知った俺はつい口走る。

「山野さんって意外とむっつりすけべ？」

「ぬぬぬぬ。寝《ね》てる男の子の体を触っちゃってる事実のせいで、否定できない……」

「まさか、あんな前に触られているとは思ってませんでしたよ。ちなみに、夏休み中に一《いっ》緒《しょ》の部屋で過ごしていた時、ちょくちょく昼寝をしていた時は……」

「……」

沈黙《ちんもく》は肯定《こうてい》と言われる。要するに、そういう事なのだろう。

「なんというかその、山野さんって意外とスケベなんですね」

「そうだよ！　スケベで何が悪いのかな？　こうなったら、もう良いですよ～だ。寝てない時でも、わき腹や腹筋チェックしちゃうからね！」

俺のわき腹をこねくり回す。

恥《は》ずかしさが振《ふ》りきれ、捻《ひね》くれた。

そんな彼女のご機嫌《きげん》を取るのには、少しばかり時間が掛《か》かったのは言うまでもない。

＊

山野さんと玄関で別れた俺は制服を着替《きが》える余裕《よゆう》も無く、ベッドに倒《たお》れこむ。

「寝てる時に、俺の体を触ってた」

もうだめだ。

山野さんの新たな一面に悶《もだ》え死にそうだ。

ちょっと気になるからとか言って、俺が寝ている時に体を触る。

好きな相手がそんなお茶目な事をしていた。

ドキドキが止まらない。

俺が寝てる時に、少しばかりやましい行為《こうい》をしていた。

「あの山野さんが俺の体が気になって、バレないように触っていた」
思い返すだけで、顔から火が出そうだ。
どこをどれだけ、触られていたのかを想像するだけで、むず痒《がゆ》さが止まらない。
クッションに顔を押し当て、行き場の見つからない感情を発散させる。
「あああああ」
枕《まくら》のおかげで大きな声にはならないで済む。
思いっきり叫《さけ》びたいが、これで我慢《がまん》するしかないのが辛いところだ。
悶えに悶える事、1時間。
俺の携帯《けいたい》にメッセージが届く。
『哲郎。これから、行きますので見られたくない物は片付けると良いですよ』
姉さんからのメッセージだ。
別に隠すものは無いし、このままでと思ったのだが、
「クッションだけはどかしておこう」
行き場のない俺の感情を受け取ってくれたクッションは、よだれが付いていた。
でも、サイズは小さめで、洗濯機《せんたくき》で丸洗いできるので安心して欲しい。
クッションを洗濯機に入れ、少しだけ整理整頓《せいとん》をしながら姉さんを待つこと10分。

電話が掛かって来た。

『哲郎。片付けは大丈夫《だいじょうぶ》ですか？』

『大丈夫だ。遠慮《えんりょ》なく入ってくれ』

そう言うのと同時だ。玄関がガチャリと開き、姉さんが上がり込んで来た。

服装は私服だし、今日は仕事が休みだったに違いない。

「久しぶりだな。姉さん」

「はい、お久しぶりです。哲郎。元気そうで何よりです」

姉さんは俺の部屋で腰《こし》を下ろす。

それと同時に俺はお茶をコップに注ぎ、姉さんに手渡《てわた》しながら聞く。

「今日はどうしたんだ？」

「大事な話をしに来ました」

「大事な話か……」

大事な話にはそれ相応の態度というものがある。

姉さんの前に腰掛《こしか》け、背筋を張った。

気を引き締めた俺の事を確認すると、姉さんは早速《さっそく》大事な話をし始めた。

「実は人事異動により、私の勤めるオフィスが変わります」

「その人事異動って、降格とかではないんだよな？」

「はい。降格ではなく昇格《しょうかく》なので大丈夫ですよ。急な人事異動ですが、悪いものではありません。むしろ、お給料が少し上がるので哲郎への援助《えんじょ》が増やせそうです」

頑張《がんば》っている姉さんの人事異動が、悪いものではなく、良いものであると知りホッとする。

いや、でも今でも頑張ってる姉さんが昇格するとか、さらに忙《いそが》しくなるんじゃ……。

「ちなみに異動先は、今までに比べて超《ちょう》ホワイトらしいです。まあ、仕事が出来る人ならっていう条件付きですけどね」

「ふぅ。さらに大変な仕事をやらされるんじゃなくてホッとした」

「いっちょ前に、私の気遣《きづか》いまで出来る良い子に育って、お姉ちゃんは一安心です」

「そうだろ？　で、話はそれだけか？」

「いえ、続きがあります。オフィスが変わる。要するに、私が出勤する事務所が変わると言った方が分かりやすいと思います。そこで、引っ越す事になりました」

姉さんの様子を見るからに、まだこれから大事な話が控《ひか》えていそうだ。

姉さんの引っ越しが俺とどう関係が……。

「加えて、私の新しい勤務先は、哲郎が高校に通うのに不自由ない場所です」

分かってしまった。

姉さんがこれから言う事が分かってしまった。

俺の考えが外れることを願う間もなく姉さんは告げた。

「なので、一緒に住みましょう」

「場所は……」

「もちろん。この部屋は二人で住むには、狭《せま》すぎますので引っ越《こ》しです」

「……」

＊

「……」

山野さんの新たな一面を知り、浮《う》かれていた俺に舞《ま》い込んだ事態。

それは、この住んで居るアパートから別の所への引っ越し。

姉さんの通勤する場所が変わり、俺と一緒に住める状況《じょうきょう》になった。

それゆえ俺と一緒に住もうという訳だ。

ちなみに、もうすでに住む場所の目星は付いているらしい。

冬前に正式に辞令が下りるとの事で、色々と準備は進めているが、本格的に動くのは辞令が下りてからだそうだ。

「まさかこうなるとは思ってもみなかった」

山野さんとのお隣《となり》生活。まだまだ、絶対に続くと思っていた。

でも、それがもう少しで終わりそう。

「お隣さんじゃなくなったら、どうなるんだろうな……」

仲良くなったし、別にお隣さんじゃなくなったとしても交流は消えない。

でも、現状はどうだ？

学校での交流はなく、ほぼほぼ閉ざされたアパートでのやり取り。

そんな俺達は、果たして本当にお隣さんではなくなった時、仲良く出来るか？

だからこそ、俺は学校で山野さんと一緒に過ごしたい。

けど、一つだけ懸念《けねんじ》事項《こう》がある。

山口先生の存在だ。

あの口ぶりや素振《そぶ》りは、不純異性交遊をするなと言わんばかりだった。

……まあ、俺に釘《くぎ》を刺《さ》してきたと決まったわけじゃない。
変に疑われて、迷惑《めいわく》を掛けそうであれば身を引いても遅《おそ》くないはずだ。
「さてと、諦《あきら》めかけてたが、諦めるわけには行かないな」
失われるお隣さんという交流の場。
現状、学校では山野さんとの関わりは無い。
学校で接するための機会として、生徒会選挙に勝ち、役員の座を手に入れたい。
負けても仕方がない。そう思っていたのに、いつしか負けたくないに変わった。
足掻《あが》いてやろう。
「……みっちゃんにも一応、相談してみるか」
夜はまだ更《ふ》けていない。
みっちゃんは寝ていないだろうし、電話を掛けた。
『なに？』
『わるい。実はちょっと相談があってだな……』
『前置きは良いって。本題は？』
『俺が生徒会選挙を勝つ方法ってあると思うか？』
『ない』

『即答《そくとう》って酷《ひど》くないか？』

『だって、無理なもんは無理だし。あ、でも勝てる方法は一応あるかも……』

勝てる方法があればすがりたい。

けど、みっちゃんの口ぶりからしてろくな方法ではなさそうだが、それでも俺は聞く。

『勝てる方法って？』

『うん、たぶんだけど、お姉ちゃんを使えば勝てる』

『けい先輩《せんぱい》を？』

『けど、すっごく怒《おこ》ると思う。で、具体的な方法だけど……』

みっちゃんから語られる、俺が生徒会選挙を勝つための方法。

それは卑怯《ひきょう》としか言いようがない上に、この上なくけい先輩に依存《いそん》する内容。

加えて、けい先輩に協力を断られてもおかしくない。

『さすがに私からはお姉ちゃんに頼《たの》まないかんね！』

『分かってる。分かってる。方法を提示してくれただけで十分だ』

『んじゃ、また明日《あした》。頑張りたまえよ若人《わこうど》』

『ああ。でも、お前ってなんでそんなに手を貸してくれるんだ？』

『別に普通《ふつう》でしょ、このくらい。んじゃ、お風呂《ふろ》入るから切る！』

ブツンと強引《ごういん》に通話を切られた。
さて、どうしたものか。
みっちゃんから教わった俺の勝ち筋は、酷いのなんの、モラルに欠けすぎだ。
使いたくない方法ではあるが、確実に俺が勝てる可能性が高まる方法。
そして、けい先輩の協力無くして絶対に成功しない作戦。
「……山野さんと一緒《いっしょ》に生徒会」
姉さんに、この部屋からの引っ越しを告げられた。
学校での関わりは何としてでも欲しい。
「まだ起きてるよな？」
思い立ったが吉日《きちじつ》。
今度はけい先輩へと電話を掛《か》けた。
5秒くらい経《た》った後、俺からの電話に応じてくれる。
『珍《めずら》しいわね。哲郎君からのお電話なんて。どうかしたの？』
『あ、どうも。今、少し大丈夫ですか？』
『ええ、平気よ』
『ちょっと、お願いしたい事がありまして……』

『判断は聞いてから決めるから、取り敢《あ》えず話してくれるかしら？』
みっちゃんが教えてくれた、俺が生徒会選挙を勝つ方法について説明した。
『ごめんなさい。さすがに無理よ』
『ですよね。すみません、無理なお願いをしちゃって』
『哲郎君はそんなにも生徒会選挙に勝ちたいの？』
『まあ、それなりには』
『はあ……。仕方ないわね。今回だけよ？』
「つまり協力してくれるんですか？」
『ええ、私があなたを勝たせてあげるわ』
生徒会選挙に向けて動き出した俺。
けい先輩の協力は取りつけられたので、ほっと胸をなでおろす。
ほんと、山野さんと一緒に居たいとか、恋《こい》してるな……俺よ。
止まらない。今、止まっちゃいけない。そんな気がした俺は更《さら》に突《つ》き進む。
玄関《げんかん》を出て、お隣へ。

「ん？　間宮君。どうしたの？」

「山野さん。今月の仕送りって、もう貰《もら》ってますか？」

「うん。昨日貰ったばっかりだけど、どうかしたの？　もしかして、金欠？　それなら、少しだけ貸せるけど……」

「あ、別にお金を借りたい訳じゃないです。夏祭りの時、『今度は俺から山野さんを遊びに誘《さそ》っても良いですか？』って言いました。なので、それを果たしに来たという訳です。ほら、ちょうどこんなものを手に入れたので」

みっちゃんから受け取ったレジャー施設《しせつ》の割引券を渡《わた》しながら言った。

うざい奴《やつ》でありながら、良い奴でもあるんだよなあいつ。とか思いながら。

「ほほう。これはこれは、間宮君は私の水着姿をご所望なのかな？　そりゃあ、あんだけじっくりと見せてあげたもんね。水辺で見たくなっちゃうか～。うんうん」

水着？　一体山野さんは何を言ってる？

渡した割引券をよ～くみると、屋内型プールの入場割引券だった。

確認しなかった俺が悪いが、さすがにプールデートとか、ハードル高すぎで断られる可能性が高いに決まってる。

とはいえ、断られなかった上に、割引券がプールの物とは知りませんでしたと言って、場所を変えるのは野暮《やぼ》だ。

それに、なによりも水着姿が見たい。

「で、その一緒に……出掛《でか》けてくれますか？」

「しょうがないなあ。大方、プールに行きたいけど誰《だれ》も付いて来てくれない。だから、私を、って事なんだろうけどさ。良いよ。一緒に行ってあげる！」

「ありがとうございます。それじゃあ、再来週の日曜日とかはどうですか？」

「おっけ〜。空けとく」

こうして、俺は山野さんとプールに出掛けることになったのであった。

取り敢えず、ぷにぷにな体を少し鍛《きた》えるとしよう。

＊

二学期に入って、初めての休み。

外は晴れ、絶好の洗濯日和《せんたくびより》。

夏休み中は学校も無く、朝に時間があったが今は違《ちが》う。

休みの日か、結構な早起きをしなければ、洗濯は出来ないのである。

脱《ぬ》いだ服を長く放置したくないのに加え、服の着回しが難しくなる。

二つの問題の解決策として、二人の洗濯物をまとめて洗えば頻繁《ひんぱん》に洗濯できるのでは？　という事で、山野さんと俺は脱いだ服やら下着やらを一緒に纏《まと》めて洗っていた。

「学校があると洗濯が出来る機会が減るし、一緒に回す必要はないか」

一人分で洗濯機の中身はほぼ一杯《いっぱい》。

山野さんの洗濯物と一緒にして、洗濯機を回す必要などないと思っていたのだ。

「間宮君。洗濯物を受け取りに来たよ！」

「学校がある日は洗濯機を回すのが中々に面倒《めんどう》で、溜《た》まりに溜まってるので合わせる必要はないですよ？」

「あ～確かに。んじゃ、またそれぞれで洗濯する感じかな？」

「そうなりますね」

「あ、でもさ。チャックとか絡《から》まったら傷《いた》めそうな服とかを分けて洗濯しない？」

山野さんからの提案。

洗濯物の量が多くて、それぞれ回せば良い。

しかし、その中で一緒に洗うと他の服を傷つけてしまう服もある。

そういった服を分けて洗わないかという事だ。

なにせ、洗濯機は俺の部屋と山野さんの部屋で二台あるのだから。

「良いですね。それ」

「でしょ？」

それぞれの洗濯機に、一緒に洗うのがあまりよろしくないとされているものを、分けて放り込んだ。

朝ご飯を食べましたか？　と聞いたら、食べてないとの事。

食べていきます？　と誘ったら、食べるとの事で朝ご飯を作る。

「食パンは何枚食べますか？」

「一枚で十分だよ」

食パンをトースターに入れて焼く。

その間にフライパンを用意し、卵を二個とウィンナーを取り出す。

スクランブルエッグにすべく、卵を溶《と》く。

その際に少しだけ牛乳を入れた。

こうすることにより、ふわっとした食感のスクランブルエッグが出来上がるのだ。

何度か、牛乳を入れずに作ったので効果についてはお墨付《すみつ》きだ。

「朝ご飯はどうしよっかな～って思ってたし。作ってくれるなんてラッキーだよ」

「まあ、こんな簡単なの、一人分も二人分も作るのなんて変わらないですし」

「っと、朝ご飯代は１００円くらいで大丈夫《だいじょうぶ》？」

「50円で大丈夫です」

とか話しているうちに、スクランブルエッグもトーストも出来上がった。

洗い物を少なくするために、ワンプレートにし、山野さんの元へと運ぶ。

「うん。これぞ、朝食って感じ」

「さて、食べましょうか」

休日のまだ早い時間。

ニュース番組と旅グルメ番組、青汁《あおじる》の宣伝。面白《おもしろ》いテレビ番組はやっていない。

まあ、ニュース番組で良いかとチャンネルを替えるのを止《や》める。

「うわ、台風が来てるんだ」

「山野さんは台風で学校が休みになったら、嬉《うれ》しいタイプですか？」

「う〜ん。うちの高校の場合は嬉しくないかも。だって、ぎちぎちに授業スケジュールが組まれてるから、台風で休みになると遅《おく》れを取り戻《もど》すため授業がハイスピードになるし」

「なるほど。確かにうちの高校って今日は教科書の何ページまでと割と厳しめですね」

「去年は学校が休みになった日が続いて、かなり大変な目にあったからね。テスト範囲《はんい》が広いのに授業は少なくて悲惨《ひさん》だったよ」

サクサクとしたトーストを齧《かじ》りながら、ぼやく山野さん。

それから山野さんと俺はどうでも良い事を話しながら、朝食を摂《と》るのであった。

「っと、そう言えば山野さんにお願いがあったんでした」

「良いよ。何でも言っちゃって？」

とまあ、俺のお願いに乗り気な山野さんに言う。

「生徒会選挙の時に使う演説用の原稿《げんこう》作りを手伝って欲しいです。昨日、一人で書いてみたんですけど、思いのほか難しくて……」

「うん、良いよ。っと、その前に」

お皿を手にし、洗い場へ行き、ささっとお皿を洗う山野さん。

「朝ご飯を作って貰ったんだしこのくらいしないとね～」

お金を貰っているから、そんなことはしなくても良いのにな。

そして、洗い物を終えて、山野さんはタオルで手を拭《ふ》き、俺の真ん前へ戻って来る。

「んじゃ、演説用の原稿を書こっか」

「はい、お願いします」

生徒数が多いマンモス校であったら、校門での演説であったり、ビラ配りであったり、色々と生徒会選挙の際にすることがある。

そうでない俺の通う高校では、演説用の原稿が超《ちょう》大事なのは言うまでもない。

「取り敢えず、これを見ながら書いてみなよ」

スマホで演説用の原稿の書き方が大まかに載《の》っているサイトを開き、渡してきた。

「分かりました」

シャーペンを手に演説用の原稿を書く。

スマホで開いたサイトを見ながら、どういう風に書けば良いかを、確認しながら書く。

20分後。

完成した仮原稿を山野さんに渡す。

「ふむふむ、『私は生徒会に入っている先輩《せんぱい》方に良くして貰っています。先輩たちが学校を良くしようとしている姿を間近で見て、私もそのようになりたいと思い、立候補しました』う〜ん。入るきっかけとしては悪くないけど、言葉はもう少し格好つけよっか」

書いた原稿に、赤のボールペンで直しを入れて行く山野さん。

「私も文章力があるという訳じゃないから、これはあくまで参考程度だよ？」

「いえ、それでもありがたいです」

「というか、間宮君の前で学校を良くしようとしてる姿なんて見せてないのに、嘘《うそ》を書くとは中々に悪《わる》だね」

「バレましたか？　山野さん、けい先輩と仲良くしてるので、このくらいの嘘は平気かと思って書いちゃいました」

結構な嘘つき度合いである。

指摘《してき》されてバレなければ良い。そんな気持ちで書いたが、やっぱり止めておくべきなのかもしれないな。

「ううん。やったもん勝ちだし、このままでいいと思うよ」

「じゃあ、お言葉に甘えてこのままで」

「そう言えば、昨日、一人で書いてみたって言ってたけど、その原稿は？　使えそうな部分はあるだろうし、あったら見せて？」

昨日、一人で書いた原稿を思い出す。

『私は生徒会に入っている先輩が好きです。先輩の色々な姿を見てきましたが、生徒会での姿は見た事がありません。一緒《いっしょ》に居たい気持ちと、生徒会でどのようにして過ごしているのかが、気になり立候補しました』

……というバカげた文章を山野さんに見せられるわけがない。

「すみません。捨てちゃいました」

「え〜、もったいないなあ。使えるところがあるかもだし、書いたものは絶対に取っとく癖《くせ》はつけたほうが良いよ？」

導入部分を確認し終えて、山野さんは生徒会で何をするか、いわゆる公約についての部分を読み始めて数十秒後。

「うん、ここは誰が見てもダメ」

「そんなにですか？」

と言うと、山野さんは俺が書いた文に苦言を呈《てい》し始めた。

「『もし、私が生徒会役員になれたら、副会長として、生徒会長を支えたいです。生徒会長という役職に掛《か》かる負担は大きく、その負担を少しでも減らせればと思います……』私的には間宮君が手伝ってくれるのは嬉しいよ？　でもさ、周りから見たら全然、間宮君が何をするために生徒会に入ったのか、間宮君が生徒会に入ったら、何をしてくれるのかが分からない」

「言われてみればそうです」

「でしょ？」

「このままだと、まるで私への告白みたいなもんだよ？」

気が付かないうちに山野さんへの思いが漏《も》れ過ぎていた事に気が付く。

恥《は》ずかしさが、俺を襲《おそ》う。

なんて文章を山野さんに、読ませてしまったのだと。

「こ、告白って、そんなつもりはないですって」

恥ずかしさから、つい咄嗟《とっさ》に誤魔化《ごまか》してしまう。

そんな俺を見て、山野さんは意地悪して来た。

「もしかして、私にこんな文章を見せて、恥ずかしくなっちゃったの？」

恥ずかしがる俺を、わざとらしくつんつんと、つつく山野さん。

弄《いじ》られ、より一層恥ずかしくなってきた俺は、強引《ごういん》に話題を切り替《か》える。

「や、山野さんの場合はどう書くんですか？」

「ん？　私の公約？　こんな感じだよっと」

紙にすらすらとペンを走らせ、書いた文は普通《ふつう》に良い内容でお手本に持って来い。

それを参考にし、俺は公約部分を書き直し始める。

書き直し始めた俺の耳元で、挑発《ちょうはつ》的にからかってくる。

「また、私への告白みたいな文を書いちゃダメだよ？」

「傷口を抉《えぐ》らないでくださいよ……」

「あはは、ごめん。ごめん」

＊

洗濯機《せんたくき》のブザーが止まったので、途中《とちゅう》、洗濯物を干した俺達。

再び座り、演説用の原稿を書くのを再開する。

「自分がどういう人物か伝えにくいな……」

演説では人柄《ひとがら》を知って貰《もら》うのが大事なのだが、自分を良く紹介《しょうかい》するのが難しい。

「そんなに悩《なや》んでいるのなら、いっそのこと、私に聞いちゃえば？」

「じゃあ、お願いします」

顎《あご》に手を当てて、ひとしきり考え込んでから言った。

「気遣《きづか》いが出来る良い子！」

「具体的にどういう風に……」

「こんなにも仲良くなったのに、何か物事をする時、勝手にやる前提で話を進めないところとか、本当に気遣い出来るって感じ」

「なるほど。他には何かありますか？」

「男の子なのに可愛い所がたくさんなとこ。公約が私への告白文な感じになってる事を指摘されて、顔を真っ赤にしてたのが超グッと来たね」

ほんと、止めてくれ。

あれは誰《だれ》がどう見たって、告白みたいにしか見えないし、俺でもあれはないなとか思ってるし、これ以上傷口に塩を塗《ぬ》り込まないで欲しい。

「ほ、他にはありますか？」

「しっかりしてる。二人して、お菓子《かし》は基本的には買わないって決めた。でも、私は度々《たびたび》それを破っちゃうけど、間宮君が破った所は見たこと無いもん」

「俺も食べたくなりますけど、そんな時に山野さんが買わない約束を破ってお菓子を買い、それを俺に一口くれるから守れてます」

「むむ。今度から、あげるのは止めよ。そうすれば、今度はお菓子を食べたい間宮君が我《が》慢《まん》できずに購入《こうにゅう》。私にも一口、恵《めぐ》んでくれるに違《ちが》いないし」

と本人が希望しているので、本当に今度、俺もお菓子を基本的には買わない約束を破って、山野さんにも一口、お裾《すそ》分《わ》けしようではないか。

「おかげさまで、自己PRする時の俺の強みが分かってきました」

「ん〜、自分だけずるいんじゃない？　という訳で、間宮君が思う私の良い所を教えて欲しいかも」

山野さんの良い所は存在そのものと言いたい。

しかし、そういう答えは求めてないに決まっている。

……というか、山野さんの良い所を言うって、ちょっと恥ずかしい。

「優しくて良い人ですね」

気恥ずかしさを感じながら出た言葉はありきたり。

もうちょっと、他の人にはないような良い所を探して、言いたかったが仕方がない。

「え〜、普通過ぎない？　他は？」

何が発せられるのかを、せわしなく待っている。

そう言えば、俺の良い所二つ目は、正直に言うと良い所か微妙《びみょう》なラインの内容。

なら、俺もそれを見習うとしよう。

「おっちょこちょいですね。しっかり者に見えて、少し抜《ぬ》けてる所が山野さんの魅力《みりょく》で良いとこだと思います」

「ぐはっ」

ダメージを負ったように体をふらつかせた。

ちょっと目を細めジト目にしながら、違うよね？　いやいや、私っておっちょこちょいじゃないよね？　と無言の圧力を掛けられる。

「おっちょこちょいですって。ほら、鍵《かぎ》無くしましたし」

「うん。それは私も分かる。でも、それだけじゃ、ね？」

心外だ。

私はおっちょこちょいではない。他の事例を言えとにじりよられる。

「人のベッドに潜《もぐ》り込んだ」

今でも覚えている。

山野さんが部屋の鍵を無くして、この俺の部屋に泊《と》まった時だ。

俺が寝《ね》ているベッドに寝ぼけて潜り込んできたことを。

「そして、その時、少し目が覚めたのか、俺の体を触《さわ》ったのを自爆《じばく》したかのようにカミングアウト……」

「そ、それは……」

「あ、ベッドに潜り込んで来た時に、ジャージが脱《ぬ》げてパンツが丸見えも追加で」

「……ま、まあ。パンツ丸見えは仕方ないんじゃない？　ほら、鍵を無くしたショックで、疲《つか》れてたんだよ。だから、貰ったジャージの紐《ひも》をしっかり縛《しば》るのを忘れてただけだって」

まだ、おっちょこちょいである事に対し、腑《ふ》に落ちないご様子。

それが俺の嗜虐心《しぎゃくしん》をそそる。

「ジャージの裾《すそ》を踏《ふ》んで、転びもしましたね」

「で、でかいサイズだったじゃん？」

もう取り繕《つくろ》えないが、それでもなお抗《あらが》う山野さん。

「財布に入っているクーポンを５０００円札と見間違えもしました」

「私はおっちょこちょいだよ！　はい、これでおしまい！」

とうとう、自分がおっちょこちょいである事を認めた。

これ以上、言うなよ？　という怖《こわ》い目をしているのでさすがに止《や》めるとするか。

「っと、だいぶ話がそれましたね。そろそろ、演説用の原稿《げんこう》に戻《もど》りましょうか」

「それ、間宮君が言う？」

「すみませんって。今日のお昼ご飯は俺が作るので許してください」

「っく、そういう風に自分から申し訳ないアピールをするから、憎《にく》むに憎めないのが間宮君のずるいとこだよ。ちょっと、お花を摘《つ》みに行ってくる」

トイレはそれぞれの部屋にある物を使う。

正直に言うと、山野さんが俺の部屋にあるトイレを使おうが何の問題も無い。

と言いたいが、俺も山野さんの部屋でトイレとか小さい方はまだしも、大きい方は絶対に出来ないと言い切れる。

だって、匂《にお》い残ってたら恥ずかしいし。

山野さんがお花を摘みに行き、一人になった部屋で、俺はちょいと体を動かす。

今度、山野さんとプールに行くことになっているのだ。

だらしない体を見せるわけには行かない。

でも、一緒《いっしょ》に行く相手の前で体を引き締《し》めている姿を晒《さら》すのは少し恥ずかしい。

体を軽く動かしながら、待つこと数分。

「ただいま」

山野さんが戻って来た。

「おかえりなさい」

「さてと、続き。続き」

歩くこと数歩。

俺があげた少しダボダボなジャージを穿《は》いている山野さんが近づいて来る。

紐をきちんと縛らなければ、裾を踏んだ際に脱げる代物《しろもの》。

おっちょこちょいという話をしていたこともあり、ここで転んだら面白《おもしろ》い。

「きゃっ」

ものの見事にジャージの裾を踏んで転ぶ。

そして、水色のパンツが晒される。

「やっぱり、おっちょこちょいですね」

「くぅ～」

言葉にならない声。

あんな話をした後に、この様《ざま》だ。

誰だって、恥ずかしくて顔から火が出そうになるのは言うまでもない。

さすがにこれ以上煽《あお》れば、怒《おこ》って反撃《はんげき》を受けそうだ。黙《だま》っておこう。

そう思いながら、いそいそとジャージのズボンを穿《は》き、今度はしっかりと腰紐を結ぶ山野さんを観察するのであった。

＊

学校が始まってから迎《むか》えた初めての休日。

一緒に過ごす約束はしていなかったというのに、いつしか一緒に過ごしていた。

演説用の原稿を書き終えて、山野さんは俺の部屋に居る必要なんてないのに。

「あ、そう言えば、間宮君に見せたいものがあるんだよ！」

「何を見せて貰えるんですか？」

「ふっふっふ。ついて来たまえ」

言われるがまま、ついて行った先は山野さんの部屋。

夏休み最後の日は、この部屋で過ごしたのを思い出してしまう。

「見せたい物はベランダにあるんだよ。ほら、見て？」

見せられたのは小さなプランター。敷《し》き詰《つ》められた土からは何かの芽が出ていた。

「危ない葉っぱ……」

「違うって。これはバジルの芽だから。友達がこういうバジルを簡単に育てられるキットをくれたんだ」

「へ～、なんでくれたんですか？」

「キャンペーンで貰ったんだけど、本人もその家族も、バジルが食べられないし育てても意味ないって理由でくれた」

「一人暮らし。これを育てて、飢《う》えを凌《しの》ぎな。という感じで渡《わた》されました？」

「正解！　まさしく、そんなことを言って渡された。という訳で、間宮君。バジルが出来たらお裾分けするからね！」

「良いですね。ちょっとイタリアンな料理を作って食べましょうか」

「うんうん。っと、お水あげよ～っと」

楽しそうにお水を取りに行く山野さん。

確かに家庭菜園って節約に繋《つな》がるし悪くないな……と思いながらプランターを眺《なが》める。

プランターの近くにあるのは物干しざおに掛《か》けられた、洗濯バサミがたくさん付いたハンガー。

そろそろ、乾《かわ》いたか？　と思い手を伸《の》ばした。

中の方が乾きにくいので、中の方に手を突《つ》っ込む。

以前、外側だけ触《ふ》れて確認し、乾いているなと思い取り込んだが、中側の洗濯物が乾いていなかった事があるからだ。

「ん？」

つるりとした肌触《はだざわ》りだ。

あれ？　こんな生地の服は持ってたか？　とか思いながら乾き具合を確認。

ガタンと大きな音。

「いてててて、何かに引っかけちゃった」

どうやら、山野さんが何か物を引っかけ、倒《たお》してしまったらしい。

こんな素材の服干してたっけ？　と疑問を浮《う》かべていた俺。

後ろから聞こえて来た音にビビり、乾き具合を確認していた洗濯物を引き抜いてしまっていた。

「山野さんのパンツ……」

このベランダは山野さんの部屋の物だ。

吊るすための洗濯バサミの付いたハンガーの表側にあった洗濯物は俺の物だから、中も俺の物だと思い込んでいた。

「よいしょっと」

引っかけて倒した物を片付けた山野さんがこっちに戻って来る。

俺の手には山野さんのパンツ。

ハンガーに吊《つ》るすのは間に合いそうにない。

咄嗟《とっさ》にパンツを、穿いているズボンのポケットに隠《かく》すしかなかった。

「ただいま。っと、可愛いバジルちゃんたちよ。元気に育って私のお腹を満たしてね？」

ちょろちょろと水をやる。

さすがにパンツを元の位置に戻す隙《すき》は無い。

そして、山野さんは水やりを終えて、俺は山野さんの部屋を後にするのであった。

で、急いで俺は自分の部屋にあるトイレに駆《か》け込む。

「っく。俺はこれをどうすれば良いんだ？」

鍵を閉めたトイレという密室の中、ポケットから取り出したのは一枚のパンツ。

色は水色で光沢《こうたく》感のある生地だ。

「これをいつも穿いてるんだよなあ……」

ついつい山野さんが、穿いている姿を想像してしまう。

引き締まっていながらも、柔《やわ》らかそうなお尻《しり》を、このパンツが覆《おお》い隠している姿。

「……いかんいかん。この持って帰って来てしまったパンツを、どうやってバレずに返すか考えないとだろうが」

仮にだ。

山野さんに俺がパンツを盗《ぬす》むやつだとバレたらどうなる？

『……あはは、うん。信じてたのに。今まで仲良くしてたから通報はしないけどさ。私に関わらないでね？』

冷たい声でサヨナラ。

……そうならないためにも、このパンツをバレないように元の場所へと返す。

まあ、正直に事情を説明すれば許してくれるんだろうけどな。

しかし、絶対ではないのを考えると、正直に言うよりもバレないように戻す方が最適解に決まっている。

戻すためには、もう一度ベランダに行かないといけない。

……。

………。

よし、取り取《あ》えずもう一度、ベランダに行ける手段は思いついた。

「ふぅ」

「随分《ずいぶん》とトイレが長かったけど、大丈夫《だいじょうぶ》？」

「あ、大丈夫ですよ。っと、バジルの写真を撮《と》らせて貰《もら》えませんか？　ほら、記録してると愛着が湧《わ》くって言いますし。後、証拠《しょうこ》に残しておけば、山野さんが枯《か》らした時に、素知らぬ顔でバジル？　なんだっけ？　と惚《とぼ》けるのを防げますし」

「酷《ひど》いこと言うね。っと、私もせっかくだし写真を撮ろっと」

何の疑いを掛けられることもなく、山野さんの部屋のベランダに再び立つ。

パンツをハンガーの内側にある洗濯ばさみに挟《はさ》むチャンスを探る。

「毎日、写真を撮るのを習慣にすれば水やりを忘れる心配もないよね」

横には、俺のついでにプランターの様子を写真に収める山野さん。

こんな状況《じょうきょう》で元の場所へと戻せるわけが無い……。

「そ、そうですね」

「どうかした？」

「いえ、何でもありません。本当に何でもないですから」

「それなら良いんだけど……。と言うか、今日も暇《ひま》だね～。いっそのこと、今日プールに遊びに行けば良かった？　あ、でも、今は少したるんでるからやっぱ無しかも」

発言に対して、上の空な俺を不思議がり、ぐいっと近づいて来た。

「何か隠してない？」

「いえ、そんなことは……」

ジーッと見つめられ怪《あや》しまれてしまう。

「大丈夫だよ。何か困った事なら、ちゃんと相談に乗るから」

「……」

言えるわけが無い。

あなたのパンツを盗んでしまいました。でも、悪気は無かったんです。と。

「大丈夫。どんなことでも私はきちんと受け止めるから。ね？」

「でも……」

素直に謝って返した方が良いかも知れない。

きっと、山野さんなら俺がわざと盗むような奴《やつ》じゃないと信じてくれる。

恐《おそ》る恐る、口を開こうとした時だ。

「んー、無理に聞いてごめんね？　大丈夫、無理に言わなくても良いよ？」

「は、はい……」

あまりにも口を割らなかったせいか、無理言って悪かったと身を引かれてしまう。

山野さんの部屋に長居するのも邪魔《じゃま》。

俺は何も成し遂《と》げることが出来ず、とぼとぼと自分の部屋に戻《もど》るのだった。

「いや、チャンスはまだある」

本当は一人分で洗濯機《せんたくき》が一杯《いっぱい》になることもあり、一緒《いっしょ》に洗濯物をまとめて洗う必要なんてなかった。

だが、傷《いた》みやすい生地や、チャックが付いている物を分けることで、服の傷みを防げることもあり、系統別の洗濯物に分けて洗濯機に放り込んだ。

要するに俺と山野さんの洗濯物は、ごちゃ混ぜ状態。

恐らく、洗濯物が乾き、取り込んだ後、折りたたんで俺の部屋まで届けてくれる。

俺もそうするつもりだし、山野さんもそうするに違《ちが》いない。

その際に、山野さんのパンツが俺の洗濯物に紛《まぎ》れたと嘘《うそ》を吐《つ》いて返せば、ちょっと不審《ふしん》

には思われるかもしれないが、盗んだとは断定されないはずだ。

＊

「そろそろ、洗濯物を取り込まなきゃ。んじゃ、私は自分の部屋のを取り込んで来るから、間宮君も取り込んでおいてね！」

決戦の時は来た。

まずは言われた通りに、俺のベランダに干した洗濯物を取り込む。

混ざっていた山野さんの衣類を畳《たた》んで渡せるようにしておく。

「にしても、この食べ物がプリントされたTシャツどこで買ってるんだろうな」

山野さんが良く着ている食べ物がプリントされた謎《なぞ》Tシャツを畳む。

「よし、これで終わりっと」

干したもの的に、俺の方が早く畳み終わるのは明らかなので、少しばかり待つ。

さて、そろそろ畳んだ山野さんの洗濯物を、渡しに行こうと立った時だ。

思いのほか、手早く俺の洗濯物を畳んだ山野さんがやって来た。

「はい。これ。間宮君の方に干した私の服は畳み終わってるかな？」

「これです」

互《たが》いに互いの洗濯物を受け取る。

俺達の一緒に過ごすという関係はしっかりとプライベートを大事にしており、夜には基本的に自分の部屋へと戻ることを徹底《てってい》している。

まあ、映画とか一緒に観よ？　ゲームしよ？　とかそう言う日は別だけど。

そして今日、いつもはもう少し長く俺の部屋で過ごすが、洗濯物を渡《わた》し終えると山野さんは自分の部屋へと帰って行った。

「さすがにすぐに、これが紛れてましたは怪しいし、少し待とう」

山野さんのパンツを片手に時間が経《た》つのを待つ。

心なしか、時計の針の進む速度がいつもより遅《おそ》く感じて仕方がない。

「よし、そろそろ行くか」

さすがにパンツをそのまま持っていくのはデリカシーに欠ける。

適当な紙袋《かみぶくろ》を見繕《みつくろ》い、その中にパンツを仕舞《しま》う。

洗濯物に山野さんのパンツが紛れていたと言い張って、返すべく部屋を出る。

部屋に備え付けのインターホンを鳴らし、出て来るのを待つ。

玄関《げんかん》が開き、山野さんがどうかした？　という表情を浮かべる中、俺は苦し紛れな方法ではあるが、パンツを渡しながら言った。

「あ、すみません。俺の洗濯物にこれが紛れてて……」

綺麗《きれい》に折りたたんだパンツを紙袋に入れたものを渡す。

「……あ、うん。ごめんね」

さも、本当に紛れてしまっていたと思い込んだ様子で謝ってきた。

「いえ、気にしないでください。それじゃあ、これで」

ぼろが出る前に場を去る。

取り敢えず、何とかなって良かったな……とか思っていたが。


「本当に紛れてたの？」

背筋が凍《こお》った。

「な、何のことですか？」

「惚けても無駄《むだ》だよ。間宮君。ちょっと、お話ししよっか。入って？」

威圧《いあつ》感を感じながら、逃亡《とうぼう》するわけにもいかず部屋へと入る。

座ってと言われ、かしこまったように俺は正座する。

「単刀直入に聞くけど、盗《と》ったでしょ？」

「いや、悪気は無くて……そのですね」

並々ならぬ空気感に飲まれ、上手《うま》く説明できない。

「私は間宮君がそういう事をしない子だって思ってたのに」

「……ふ、深い訳が」

「言い訳は良いよ。さよなら、間宮君」

……終わった。

目の前が真っ白になって行く感覚ってこの事を言うんだな。

・

「あははは、ごめんごめん。嘘。嘘だよ」


「ふえ？」

気持ち悪い声を上げる俺。

そんな俺に山野さんは説明を始めた。

「全部見えてたよ。間宮君が洗濯物を乾《かわ》いてるか確かめるために、わざわざ中の方に手を突《つ》っ込んで、私が立てた物音にビビって、パンツを引き抜《ぬ》いちゃったとこをね？」

「俺が盗《ぬす》んだとは……」

「思う訳ないじゃん。まったく、間宮君の事を私は信用してるんだよ？　だから、一緒の部屋で過ごしたり、洗濯物を一緒に纏《まと》めて洗濯したり、色々してるんじゃん」

「はあ……。てっきり、本当に幻滅《げんめつ》されたかと思って、心臓がヤバいです」

今でもドクンドクンと大きく心臓が高鳴っているのが分かる。

そんな精神状態の俺に間髪《かんはつ》入れず、からかって来た。

「素知らぬ顔で持っとくって考えなかった？　あと、なんかした？」

「ぶっっ！　げほっ、げほっ。凄《すご》い事聞きますね」

「だって、男の子だし」

「確かに男の子ですけど……」

「で、でで？」

「取っとくつもりは無いですし。何もしてません」

言い切る俺に対し、意外そうな雰囲気《ふんいき》を漂《ただよ》わせる。

「間宮君は男じゃなかった？」

「いえ、男ですって」

「そんなこと言ってさ〜、だって、わた……。ううん、何でもない」

ん？

今なんか言いかけたよな？

話の流れを汲《く》むと、もしかしてだが……。

「あの、山野さん。もしかして、俺の下着類に何かしてます？」

「……してないよ？」

否定はしているものの、明らかな嘘。

寝《ね》ている時に俺の体を触《さわ》る。

明らかに俺の下着類に何かをしている素振《そぶ》り。

「山野さんってむっつりなんですね」

「うぐっ。だって、男の子と同じで、女の子だって、異性の下着とか気になっちゃうんだから仕方ないじゃん……」

リンゴのように顔を真っ赤にして、わなわなと震《ふる》えるその姿。

ほんと、可愛くてヤバいんだよな……。

＊

夜も更《ふ》けた。

ベッドの上で寝る前、今日起きたことを振《ふ》り返る。

色んな楽しい出来事があった。

でも、それがどうして起きたのかは簡単に説明できてしまう。

『お隣《となり》さん』

この要素が無ければ、起き得なかった楽しい出来事の数々。

でも、俺と山野さんを繋《つな》ぐ一番の大きな要素は、風前の灯火《ともしび》とまではいかないが、近いうちに消えてなくなる。

通うオフィスが変わった姉さんと一緒に住めるようになった俺。

家賃、家事の負担、その他もろもろ。

二人で住まないのには理由が無い。

「我がまま言える立場じゃない」

そう分かっているのに、今このアパートでの暮らしを手放したくない俺が居る。

「……分かってる。分かってるんだよ」

手放したくないが、手放すしかない今。

俺に出来る事はただ一つ。

『お隣さん』

これが消えたとしても、山野さんと仲良く出来る新しい関係の構築。

「学校でも仲良くする」

そのためにも、俺は生徒会選挙に勝つことに意識を向けるのであった。

絶対に山野さんとは離《はな》れたくない。

そんな気持ちでいっぱいになりながら、眠《ねむ》りについた。


「いいや、さすがに逃《に》げるのはもう止《や》めだ」

目を開けて豆電球の明かりしかない静かな部屋の天井《てんじょう》を見た。

学校でも仲良くする？

誰《だれ》だって分かるはずだ。もう十分仲が良い事が。

「生徒会選挙が終わって、1か月以内に告白する……」

生徒会に入ろうとした理由。

山野さんと一緒《いっしょ》に過ごしたかったから。

生徒会選挙に勝てるかどうか微妙《びみょう》でも頑張《がんば》った理由は、引っ越《こ》しで山野さんと一緒に居られる時間が減るから。

今まで、ひたむきに隠《かく》してきたありのままを伝えよう。

「告白しないで、ただ疎遠《そえん》になって行くのが一番嫌《いや》だ」

生徒会選挙の結果がどうであれ、選挙が終わった後、1か月以内に決着をつける。

友達として好かれているのか、異性として好かれているのか。

それを気にしすぎて、何もしないまま終わりたくない。

山野さんSide

「エッチな事に興味がなさ過ぎるんだよ！」

電話で友達に愚痴《ぐち》る私。

何を隠そう、想《おも》い人が私に対して清純過ぎるのだから仕方ない。

『いや～、確かにそりゃないか。本当に脈なしなのかもね。あんたが言う通り、何もエッチな事をしてきたり、興味なさそうだったりなのはさ。てか、そいつ本当に男？　女の子の女の子な部分に興味なさすぎじゃない？』

「……いやいや、興味はきちんとあるんだよ？　居眠《いねむ》りしている時、スマホの検索履歴《けんさくりれき》をちょろ～っと見せて貰《もら》った時にはきちんとそう言うのがあったし」

『んじゃ、ますます、あんたを女の子だと見てない説が浮上《ふじょう》するわけだ』

「あー、あー、あー、電波が遠いみたい。なんか言った？」

都合の悪い言葉を聞きたくなさ過ぎて、聞かなかったことにした。

『てか、想い人と今度遊びに行くんだっけ？　どこ行くん？』

「……プール」

『ごほっ、ごほっ。あんた、それホント脈なしじゃん！　プールとか彼氏彼女でも中々に行くのはハードルが高いっていうのに。それで付き合ってないとかあり得んし！』

「ん～、また電波が遠くなったみたい。何か言った？」

『……ま、まあ。まだ完璧《かんぺき》に脈なしって決まったわけじゃないし、頑張りなよ？　あんた次第で行ける。行けるって』

こいつ絶対、行けると思ってないよね？

はあ……。ほんと、どうしてこんな風になっちゃったんだろ。

それから私は友達との電話を終え、すっかり夜遅《おそ》くになってしまったが、お風呂《ふろ》にしっかりと浸《つ》かり思いに耽《ふけ》る。

「間宮君とのお出掛け～。どっきどっき～。ハートを射貫《いぬ》いて私の物にしてやるよ～」

変な歌で自分の気分を盛り上げる。

行ける。行ける。間宮君となんとしてでも、私は恋仲《こいなか》になって見せる!!!!

意気揚々《いきようよう》とお風呂から上がり、体を拭《ふ》いていると、洗濯機《せんたくき》のそばに、ある物が落ちていることに気が付いてしまう。

「パンツだ……」

見つかったのは私のじゃなくて、間宮君のパンツ。

乾ききっていない事から、洗濯を終えたが、ハンガーに干すのを忘れた奴《やつ》に違《ちが》いない。

「あんな事があったから、返しに行くのが恥《は》ずかしいんだけど……」

私はちょっとした問題に葛藤《かっとう》を抱《いだ》いてしまうのであった。

3章

「あ、すみません。筑波《つくば》先輩《せんぱい》をちょっと呼んで貰えませんか？」

学校でのお昼休み。

初めて、筑波恵子《けいこ》、普段《ふだん》俺がけい先輩と呼ぶ先輩の教室を訪問する。

もちろん、訳ありなのは言うまでもない。

けい先輩のクラスメイトに呼んで欲しいと頼《たの》むと、すぐにけい先輩が俺の元へ来た。

「お待たせしたわ。さて、場所を変えましょうか」

「はい」

二人で向かうは購買《こうばい》近くにある生徒が自由に使えるテラス。

そこで、お昼休みという事で二人してお弁当を広げる。

「で、生徒会選挙に向けての準備は順調かしら？」

「それなりには……。こういう風に面と向かって話すのは、なんだか不思議な感じです」

「私もよ。さてと、選挙関係の話もそうだけれども、最近はどう？　まあ、上手《うま》く行ってないのだからこそ、役員の座を得ようと、私にまで協力を頼んで来たのでしょうけど」

「上手く行ってない訳じゃないです。ただ、まあ……」

どうして、俺が生徒会選挙を勝ち抜《ぬ》き、役員の座を摑《つか》もうとしているか説明する。

「なるほどね……。そういう事だったの。まさか、あなた達を繫《つな》ぐ大事なお隣さん同士という要素に別れが近いとは思ってもみなかったわ」

「形は変われど、新しい山野《やまの》さんとの関係性が欲しいんです」

「にしても、この私に協力を頼んだ方法は酷《ひど》くモラルに反するわよ？」

「……そう言われるとぐうの音も出ません」

選挙を勝つために講じた策は、意図的にしたものとするなら、本当に酷い。

そして、すでに動き出している。

この会話までもが策の一環《いっかん》なのだ。

「ところで、この方法。哲郎《てつろう》君が思いついたのかしら？」

「あ〜、実はみっちゃんが教えてくれました」

「成績は悪いけど、本当にあの子は馬鹿《ばか》じゃ無いのよね……。だから、質《たち》が悪い」

「そう言えば、あいつって、俺の幼馴染《おさななじみ》だったんですよ。みっちゃんに言われて思い出した時は冷汗《ひやあせ》が止まりませんでした」

「そうでしょうね。別れ際《ぎわ》にあなたの方から『忘れないから』とかそんなことを言ったのにすっかりと忘れてしまっていたんだもの」

「……ま、名字とか、格好とか、色々変わっていたので気が付きませんでした」

「それから、あの子からの嫌《いや》がらせであるウザ絡《がら》みは、止まったかしら？」

「一応は。でも、まだまだ十分にグイグイ来る系ですけど」

苦笑いを浮《う》かべながら言った。

あれ以来、本当にみっちゃんのウザ絡みは減った。

とはいえ、ウザ絡みが減っただけで、絡んで来る回数が減ったわけじゃなく、依然《いぜん》としてグイグイ来る系女子なのである。

色々とけい先輩と話し込むこと数十分。

そろそろお昼休みも終わりかけの頃《ころ》、けい先輩に聞いてしまう。

「あの、どうして俺の策に協力してくれるんですか？」

メリットどころかデメリットしかない選挙を勝ち抜くための策への協力。

けい先輩はどうして、それなのに協力してくれたのかが気になる。

「あなたは私の弟分みたいなものだもの。理由は本当にそんなところよ」

「弟分って俺とは最近出会ったばかりなのに、随分《ずいぶん》と可愛がってくれるんですね」

みっちゃんとは幼馴染。

けい先輩はみっちゃんの母親が再婚《さいこん》した相手の連れ子で、俺との間には何もない。

たかだか数か月前に出会ったばかり。

弟分扱《あつか》いして助けてくれるのは、少しこそばゆさを感じてしまう。

「……ええ。そうよ。私、意外と頼《たよ》りにされるの嫌《きら》いじゃないの」

＊

夏も終わり、もうすでに季節は秋雨の時期に入った。

空には雨雲があり、そして鳴り響《ひび》くゴロゴロという雷《かみなり》の音と雨粒《あまつぶ》が地面を叩《たた》く音。

気温が高く、敬遠していた湯船に浸かる行為《こうい》。

今日は気温が低いせいか、なんとなく入りたい気分に。

湯船にお湯を張ることにした。

が、お湯を張るのが久し振《ぶ》り過ぎて、温度を盛大に間違《まちが》えた。

「水を足しても良いけど、水道代がもったいない。冷めるのを待つか」

お湯が冷めるのを待ちながら暇《ひま》を潰《つぶ》していると、雷の音と大粒《おおつぶ》の雨が叩きつけられる音が次第に激しくなってきた。

そして、テレビでは、集中的な豪雨《ごうう》に十分警戒《けいかい》をとのニュースが流れ始める。

「ここは大丈夫《だいじょうぶ》だろ」

軽い気持ちで呟《つぶや》いた時だった。

部屋の電気が消えて真っ暗になってしまう。

「……これがフラグ回収か」

ものの見事に停電という被害《ひがい》に遭《あ》う。

取《と》り敢《あ》えず、スマホを開き、停電状況《じょうきょう》、その他諸々《もろもろ》について調べた。

結果、俺のアパートがあるこの近辺は停電状態。

復旧には時間が掛《か》かるかどうかさえ不明と、まだまだ状況は明らかではない。

スマホの充電《じゅうでん》が切れれば使えなくなるので、画面を消す。

「っと、そういえば懐中《かいちゅう》電灯があった気が……」

手回し充電が可能なラジオ付き懐中電灯。

中学生の時、技術の授業で作ったやつであり、『いらん』と言って実家に置いて来ようとしたが、何かあった時に使えるから持っていきなさいと母に持たされた。

「用心するに越したことは無いんだな。って、あれだ。山野さんは大丈夫だろうか？」

電話を掛けると山野さんが出た。

『もしもし?』

『あ、どうも、大丈夫ですか?』

『うん、平気平気。間宮《まみや》君は?』

『大丈夫ですよ。にしても、困ったことになりましたね』

『だね〜。あ、スマホの充電も節約しておかないとだし、そっちに行って話すよ』

電話をすると電池の消費が早い。

災害時にはスマホや電子機器の充電は節約するのが鉄則だ。

情報を手に入れられないと言うのは、それだけで大変なことなのだから。

電話が切られ、一分も経《た》たないうちに山野さんが部屋にやって来た。

「お邪魔《じゃま》しますっと」

「どうぞどうぞ」

スマホの光で足元を照らし転ばないように、山野さんを部屋の奥に案内する。

「にしても、困ったことになったね〜。取り敢えず、腐《くさ》らないように冷凍《れいとう》食品と、そのほかの食材を一緒《いっしょ》に纏《まと》めて仕舞《しま》うのが大変だった。間宮君は?」

「忘れてたので、今から対策します」

停電の復旧は早いかもしれないし、遅《おそ》いかもしれない。

早ければ良いが、分からない状況である今。

冷蔵庫の中身を腐らないように、冷凍食品であったり、氷であったりと纏めておくのは必要不可欠だ。

「あ、手回し充電できる懐中電灯だ。しょうがないなあ。私が、これで必死に発電しながら冷蔵庫の中身が見えるように照らしてあげる」

スマホの明かりで照らしながら、冷蔵庫の整理をしようと思っていたが、山野さんが人力で、光を作ってくれるという事なので甘えることにした。

だって、スマホの電池が無くなるのは怖《こわ》いし。

ウィンウィンと手回し発電機を回す際に鳴る音が響く。

明かりは小さい。十分に役立つ大きさだが、力強く回せばもっと明るくなるのを知っている俺は、事足りているのに、冗談《じょうだん》で催促《さいそく》する。

「山野さんなら、もっと明るく出来るはずです」

「え〜、これ以上ペース上げて回したら、手が疲《つか》れるけど、しょうがないなあ」

ふんっと勢いよく手回しする速度を上げる。

明かりはさっきよりも大きくなった。で、そんな明かりに照らされながら、俺はすっかりと、冷気が出て来なくなってしまった冷蔵庫の、中身を整理するのであった。

「……ふぅ。疲れた」

「肉体労働お疲れ様です。そう言えば、山野さんは夕ご飯食べましたか？」

「まだだよ。間宮君は？」

「俺もまだです。停電してますが、ガスは……」

チッチッチという電池による火種の音が鳴った後、ボッと火が点《つ》く。

「大丈夫そうですね。でも、さすがにこの明るさの中で調理はしづらいか……」

出来ない事は無いが、手元が狂《くる》えば指を切りそうだ。

とはいえ、スマホの明かりを使ってまで、手元を明るくしておくメリットはない。

「はい、間宮君。これ」

手回し充電機能つきの懐中電灯を渡《わた》された。

「なるほど。これで、スマホの明かりを使わずに、手元の明かりを確保するわけですね」

「そういう事。んじゃ、私は回すのが疲れたから、電気担当は間宮君で。あと、足が早そうな食材で今日の夜ご飯は作っちゃおっか」

それぞれの部屋から、冷蔵しなければ足が早そうな食材を持ち寄る。

集まった食材は微妙《びみょう》に豪華《ごうか》だ。

「よし、私が作るから明かりは任せたよ？」

「はい、任されました」

俺が明かりを作り、山野さんが料理を作る。

途中《とちゅう》、明かりが小さいんじゃない？　もっと、回して！　とか山野さんに言われ、むきになって勢いよく回したとか、色々と不便ながらも楽しい時間を過ごす俺達だった。

＊

夕食を済ませた。

普段《ふだん》なら、スマホを弄《いじ》ったり、テレビを見たり、色々と出来る暇つぶし。

しかし、残念なことに電気が使えない今、それは出来ない。

さて、まだ夜は更《ふ》けていないし、寝《ね》るのには早い。

どうしたものかと思っていたら、先ほど夕食を済ませて自分の部屋に帰って行った山野さんが俺の部屋に戻《もど》って来た。

「どうしました？」

「暇だからお話ししに来た」

「それ良いですね」

ほとんど真《ま》っ暗闇《くらやみ》の部屋の中、俺と山野さんはお話を始める。

ほぼ暗闇が支配する部屋。

カーテンを開け、何とか外からの光を取り込もうとするも、効果は薄《うす》い。

「いっそのこと。もっと真っ暗にしちゃえ」

山野さんがカーテンを閉める。

さらに部屋は暗くなり、ほぼ何も見えなくなった。

「よいしょっと。せっかくだから、なんも見えない真っ暗な状況を楽しまないと」

「確かに、ここまで真っ暗な所で過ごすって、そうそうないですし」

「うんうん。たとえ、嫌《いや》な出来事があっても、気分次第で楽しめる。それは間宮君との節約生活で実証済み。この真っ暗闇も気分で楽しめるに違《ちが》いないし」

電気が使えない嫌な出来事。

嫌だ。嫌だ。じゃなくて、その状況を楽しんでみるのは大いにありだ。

「あ、明日《あした》も電気が使えない状況が続くのなら、お肉をたくさん食べましょう」

「ん？　どうして？」

「カチコチになってる冷凍《れいとう》お肉が解凍《かいとう》されて、腐っちゃうかもしれないので」

「いいね。いいね。お肉とか、すぐ腐っちゃうようなものを贅沢《ぜいたく》に食べちゃおっか」

「はい。もう、盛りだくさんにして食べてやりましょう」

停電という状況だからこそ出来ることで楽しんでやろう。

冷蔵庫が使えなくて、食材を使うしかない。

なら、贅沢を。

電気が使えなくて、何も暇を潰す道具が使えない。

なら、友達との会話を楽しもう。

明かりが無くて、不便な生活。

なら、ゲーム感覚で楽しむ。

「考え方、気持ちの持ち方で、楽しくなるのを教えてくれたのが、節約生活。いえ、山野さんとの節約生活ですよ」

「あ〜、分かる。私も間宮君と節約生活をしてなかったら、今頃《いまごろ》、停電に怒《おこ》って機嫌《きげん》が最悪だったかも。節約生活はお金以外にもメリット盛りだくさんだ」

「今後も続けば良いんですけど……」

「またまた〜。お引っ越しでもしない限り続くのに、何をしんみりしちゃってるのかな？」

「……実はですね」

姉さんの通勤先が変わり、俺と一緒に住めるようになった。

それがもう少しで、訪れてしまうかも知れないことを語る。

聞き終えた山野さんは寂《さみ》しげに呟く。

「そっか」

「早くて冬前にはここととお別れです」

「節約生活仲間が居なくなる……。う～ん。あれだね。私は節約を絶対サボる」

「でしょうね」

「即答《そくとう》って酷《ひど》くない？　私がちゃんと出来るって想像はしないのかな？」

「……残念なことにサボる未来しか見えませんでした」

「つく、私を見くびる間宮君にはお仕置きが必要かも……」

心なしか声が近づいて来てる気がした。

「暗い雰囲気《ふんいき》で、暗い話題とか出してさらに暗くする悪い子にはこうだ！」

ガバッと俺の体に飛びついて来た。

そして、こしょこしょとくすぐって来た。

「あはは、ちょ、山野さん。それは卑怯《ひきょう》ですって！」

「暗いのに暗い話題でさらに暗くした間宮君が悪いから仕方なし。大人しく、くすぐられて笑いを響《ひび》かせ、場の空気を明るくしないと」

部屋に響く笑い声。

しんみりとした雰囲気が一転、楽し気な雰囲気に変わるのであった。

＊

「暑い」

白熱したくすぐり、くすぐられを繰《く》り広げた俺達。

汗《あせ》をかき、背中にピタリと張り付くTシャツの感触《かんしょく》に不快感を覚える。

「あ」

「どうしたんですか？　急にアホっぽい声を出して」

「まだ停電が復旧してないじゃん？　停電でお湯が沸《わ》かせないのを思い出して、なにをここまで汗をかくような馬鹿《ばか》なことを……って後悔《こうかい》したわけだよ」

「まあ、仕方ないですが、水で我慢《がまん》するしか……」

「だね。こんだけ、汗をかいたから入らないって手はないし」

「あ、そう言えば……」

すっかり忘れていたことを思い出す。

そう、湯船にお湯を張ってある事だ。

さすがにぬるくなっているだろうが、それでも水よりはマシだ。

てか、冷まそうとか思っていたくせに、しっかりと湯船に蓋《ふた》をしてた気がする。

「どうしたの？」

「湯船にお湯を張ってあったんでした。良ければ、使ってください」

「間宮君ってほんと最高！」

という訳で、山野さんはうちの湯船に溜《た》めたお湯で体を綺麗《きれい》にする事となった。

さすがに、家主である俺を差し置いてとはいかないとの事で、俺は先にお風呂場《ふろば》に行き、溜《た》めてあった湯船のお湯で体を綺麗にする。

「意外とまだ温かいな」

熱すぎるお湯。加えて、冷ますつもりだったのに、なぜかした蓋。

そのおかげで、割と温かい。

「水浴びにならなくてほんと良かった」

山野さんもこのお湯を使う訳だ。

窓もない真っ暗闇のお風呂場で、感覚だけを頼《たよ》りに体を洗った。

で、綺麗になった後、脱衣所《だついじょ》へ出る。

するとドタバタと山野さんが歩いている音が聞こえた。

「どうしたんですか？」

「あたたた。暗闇で転びそうになっただけ～」

「気を付けてくださいよ？　暗いんですから」

「うん、気を付ける」

そんなやり取りをしながら、さすがに真っ暗闇過ぎるので、懐中《かいちゅう》電灯の明かりを頼りに服を着こむのであった。

「……なんだこれ？」

脱衣所を後にして歩き出す。

懐中電灯の照らす先、何か布切れが落ちているので拾ってしまう。

「山野さんのパンツ……」

おそらく、着替《きが》え用として、俺の入浴中に部屋から取って来たパンツだ。

真っ暗闇、衣類を落としたことに気が付かなかったのだろう。

仕方がないので、手に取って山野さんが待つ部屋へ戻る。

「お待たせしました」

「う、ううん？　待ってないよ？　というか、冷めるとか思って手早く済ませたでしょ？

気を使わせてごめんね？」

「いえいえ。そして、言いにくいんですけどこれが落ちてました」

手渡《てわた》そうとするや否《いな》や、風切り音が鳴りそうなくらい、勢いよく取られた。

俺だって、相手に見せて恥《は》ずかしいと思う物を渡されたらそうなる。

「あ、ごめんね。勢いよく取っちゃって」

「それよりも、お湯が冷める前にどうぞ使っちゃってください」

「ありがと。じゃあ、遠慮《えんりょ》なく使う」

目にも留まらぬ速さでお風呂場へと向かっていく。

残された俺は暗闇の中、部屋の床に腰《こし》を下ろす。

ん？　何かお尻《しり》の下にある感触が……と思い下敷《したじ》きにしているものを手に取る。

「パンツの次はブラか……」

「お尻に敷いたせいか、ちょっと温《ぬく》もりを感じる」

さて、パンツを落としてブラも落とす。

さすがにそんなことをしでかしたとなれば、山野さんはさらに恥ずかしいはずだ。

取り敢《あ》えず、お風呂場の近くで落としたことにすべきだな。

という訳で、脱衣所に繋《つな》がるドアの真ん前に、落として行った水色のブラを置いた。

さすがに脱衣所に繋がる扉《とびら》を開けて、戻すのはハードルが高い。

「さてと、これで良しっと」

停電がいつまで続きそうなのか、調べながら山野さんの帰りを待つ。

……。

お風呂場には山野さん。

その事を考えるだけで、気持ち悪いくらいに興奮してしまうし。

パンツもブラもすぐに返してしまったことが惜《お》しく感じてしまう。

割とヤバい興奮具合だ。

正直に言うと、山野さんのパンツを拾ったと同時に加速度的に思いはより膨《ふく》れ上がっているのが分かる。

このままだと本当に手が伸《の》びてしまいそうで怖《こわ》い。

嫌《きら》われると分かっていても、それでも欲望《よくぼう》に飲まれてしまいそうだ。

こういう感覚を女の子は、感じたり抱《いだ》いたりしないのだろうか？

てか、いっそのこと、山野さんから襲《おそ》ってくれ。

そうすれば、こんなにも悩《なや》む必要なんてないんだからな……。

＊

そして、気が付けば停電が復旧すること無く、迎《むか》える朝。

暇《ひま》で暇で仕方が無かった俺と山野さんは、夜遅《おそ》くまで長々と話していた。

とはいえ、普通《ふつう》に学校があるかもしれないので、いつも通りの時間に起床《きしょう》した。

電気が点くかどうか確認し、学校があるかどうかとか色々と確認を済ませる。

「ふああ〜。おはよ。電気点いた？」

開口一番に、今現在抱《かか》えている問題について聞いて来る山野さん。

「残念なことにまだ点きません。でも、ニュースだと日中には復旧するらしいですよ」

「本当に？」

「ほんとですって。あと、さっき学校のホームページを確認したら、休校だそうです」

「そっか」

「にしても、昨日はほんと意外な事だらけでした」

「私もだよ」

昨日の夜は白熱した会話を繰り広げた。

本当に二人とも色々と話した。

二人とも結構な田舎《いなか》出身。

田舎の人は問題さえなければ何でも思い切ってやるところとか。

大して仲良くない癖《くせ》に、たまに会った時、まるで親友のように仲良くするとか。

付き合いが長い相手に対して、やたらと信頼を寄せるところとか。

田舎あるあるを言い合って、共感しあった。

後は、自分自身の事もよく話した。

山野さんは実家が、山奥にある温泉旅館であったり、双子《ふたご》の妹が居たり、小さい頃の山野さんはアルバイトしに来たお姉さんに、やんちゃするいたずら大好きな子だったり、色々と教えて貰《もら》った。

そして、俺も色々と話した。

実家は農家だが、少し儲《もう》かる品種を専売していたり、幼馴染《おさななじみ》のみっちゃんと俺との関係性だったり、姉さんが田舎の人は基本的に言葉遣《ことばづか》いが荒《あら》く、俺の言葉遣いが荒くなるのを心配し、せめてもの思いで敬語を聞き慣れていて欲しいと、俺に対して敬語を使ってたり、本当に色々だ。

今までは遠慮して聞いていなかった部分。

それを聞いて、より仲が深くなったと言える。

山野さんがお風呂《ふろ》好きな理由。

それは実家が温泉旅館を経営しているのに、自分達が普段住んでいる家のお風呂がしょぼいのはおかしい！　という事でちょっとリッチなお風呂が、家にあったからこそお湯に浸るのが好きになったらしい。

長く一緒《いっしょ》に過ごしてきたはずだったのに、まだまだ知らない一面。

それが俺を高ぶらせる。

もっと色々と山野さんの事を知るためにも、絶対に付き合って見せると。

「んしょっと」

高ぶる俺の横で、貸したタオルケットを綺麗に畳《たた》んでいる山野さん。

そんな彼女は寝苦《ねぐる》しかったのか、寝る前に着ていたジャージを脱《ぬ》ぎ、Tシャツ一枚だ。

色は白。

いつもより生地は薄《うす》めなせいか、ちょっと透《す》けてピンクのブラが見えている。

「山野さん。ブラ透けてますよ」

「え、あ、そっか。てか、そんな落ち着いた感じで言うけどさ～。本当に間宮君って男の子なのかなって、心配になるんだけど」

「刺激《しげき》的過ぎて、心臓が持たないから言ってるんですよ」

「ほほう。じゃあ、これ以上刺激を与《あた》えたら破裂《はれつ》しちゃうの？」

にやにやと近寄られて、見せつけて来た。

でも、恥ずかしくてすぐに止《や》めて去っていく。

つく、ほんとこういうとこずるいんだよなあ……。

4章

気が付けば停電は過去の事。

休校は一日だけで、いつも通りの日常が戻《もど》って来た。

そして、進む生徒会選挙。

立候補者として名乗りを上げた者たちが、校内へと知らしめられた。

俺は生徒会副会長として立候補した。

応援《おうえん》演説者に最強の助《すけ》っ人《と》を引き連れて。

「おま、いつの間に生徒会長さんと仲良しになってやがったんだよ！」

「そうだそうだ。お前もモテない側だと思ってたんだが？」

「で、実際どういう関係なんだ！」

俺が生徒会選挙に名乗りを上げたことが、公表されるや否《いな》や詰《つ》め寄る男子ども。

理由は明らか。

俺の応援演説者がけい先輩《せんぱい》なのだ。

綺麗《きれい》で有名な現生徒会長であるけい先輩を、応援演説者に選ぶ。

こうなって当然である。

「ただ単に知りあいだってだけだ」

「嘘《うそ》つけ！　絶対に何かあんだろ？」

男子ども代表の幸喜《こうき》がしつこい。

想定した通りで良い感じだ。

ここで、みっちゃんが混ざって来て、こう言うはずだった。

『哲《てつ》君を生徒会に当選させなきゃだめじゃん。ほら、帰宅部な哲君。指定校推薦《すいせん》で、後は残りの高校生活を謳歌《おうか》するだけのお姉ちゃん。ぜ〜ったいにラブラブする！　生徒会に入れなかったら、もうそれはそれは爛《ただ》れた関係で人生がめちゃくちゃに……』

より一層とこの発言に深みを増させるため、わざわざ購買《こうばい》前のテラスで仲良くお話しする姿を見せつけたり、他にもわざとらしくけい先輩の教室を何度か訪れたり準備をした。

俺とけい先輩という、どう考えても釣《つ》り合わない二人。

許せないとか、ムカつくとか、そういった人の嫉妬《しっと》心を煽《あお》り、これ以上いちゃつかせないためにも、俺を当選させる！　という姑息《こそく》な方法で、票の流れを俺に持ってくるはずだった。

「……はあ」

ため息を吐《つ》きたくもなる。
だってさ、だってさ、
なんで、生徒会副会長に俺しか立候補してないんだよ……。
生徒会副会長として、立候補するつもりの人って先生に聞かれた時、綺麗に手を挙げていたサッカー部のエース、八坂勇将《やさかゆうしょう》さえ立候補していないのはおかしいだろうが！

不戦勝が確定。


普通《ふつう》に勝てたので良いのだが、どうも腑《ふ》に落ちない結果が残った。

でも、これで一つ気にしていた事は消え去った。

次に集中しよう。

生徒会選挙が終わって1か月以内に告白すると決めた俺。

告白を成功させるためにも、日曜日は山野《やまの》さんとのプールデートが大事なのは言うまでもないのだが……。

しかし、それと同時に少しばかり気になる事が一つ。

不純異性交遊を禁止と言わんばかりな、山口先生の発言を思い出してしまう。

果たして、このまま山野さんに近づいて行って良いのだろうかという不安だ。

ちょうどそんな時だった。

みっちゃんが男子に詰め寄られている俺の元へやって来た。

「お姉ちゃんといちゃつかせないためにもなんとしてでも、哲君を生徒会に入れてあげないと！　ま、誰《だれ》も副会長に立候補してないし、不戦勝だけどね！」

「ちょっとみっちゃん。顔を貸して貰《もら》おうか？」

少し離《はな》れた場所にみっちゃんを連れ出す。

「お前なあ。これ以上けい先輩と俺の仲を良く見せる必要が無いのに、なんでクラスの男子どもを煽ったんだ？」

「哲君やい。山野さんは指定校推薦を狙《ねら》っている。変に周りから噂《うわさ》されて先生の心象が悪くなれば大変。だから、哲君は山野さんと学校で仲良くしたいけど、ビビリになってるのが今の状況《じょうきょう》でしょ？」

言い返せない。

ちょっとしたけい先輩の注意のせいで、学校では関わらないようにするくらい小心者。

今でさえ、山野さんと学校で関わっても良いか悩《なや》んでるくらいだしな。

「いやいや、さっきのお前の発言とそれがどう関係するんだ？」

「お姉ちゃんはもう指定校推薦を貰った。つまり、お姉ちゃんはよっぽど酷《ひど》い事をしでかさない限り、指定校推薦を取り消されない！　要するにお姉ちゃんを隠《かく》れ蓑《みの》にしとけば？ってわけ」

「……なるほど、これで山野さんとちょっと学校で一緒に居ても、そこまで山野さんと俺とが噂されずに勘繰《かんぐ》られないという訳だ」

「そういうこと」

「だいぶ強引《ごういん》で無理筋なカムフラージュだけど、やらないよりかマシなのか？」

「そうそう。と言うか、実はお姉ちゃんから聞いたんだけどさ、割とお姉ちゃんも噂にはバッチ来いなんだよ」

「いやいや、ただ単に迷惑《めいわく》なだけだろ」

「ちっちっち。お姉ちゃんはモテモテ。指定校推薦を貰って、もう受験も終わったようなもの。受験の心配がないお姉ちゃんだからこそ、気軽にアタックして来る人が多くて大変なんだってさ」

受験を終えたけい先輩。

後は残りの青春を楽しむだけ。

高校三年生。ほとんどの生徒が受験で気苦労を感じている季節。

それを抱《かか》えていないからというのを理由に、告白しようと思う人は多いに決まっている。

なにせ、高校生活が終われば、理由無くして、けい先輩と会えなくなるのだから。

「なるほどなあ。で、俺との噂が、勇気を出して告白しようとする人の、やる気を削《そ》ぐわけだ」

「うんうん。そんな理由も含《ふく》めて、お姉ちゃんは今回協力してくれたんじゃない？」

弟分だからと言って、協力してくれたとか言っていたが、けい先輩にも少なからずメリットがあるからこそ、協力してくれたんだな……としみじみしてしまう。

「ただ、カムフラージュが悪く働くかも知れないのは、忘れちゃダメだかんね！」

「あれだろ、俺が二股《ふたまた》してるとか、けい先輩から山野さんが俺を寝取ろうとしてるとか、そう言うやつだろ？」

「ちゃんと分かってるなら良し。お隣《となり》生活も長くはないんだし、それに備えて頑張《がんば》りたまえよ、哲君やい」

言い切った後、この場を去ろうとするみっちゃん。

って、待った。

「なあ、なんで俺と山野さんのお隣生活が長くないって知ってるんだ？」

「寧々《ねね》ちゃんとメル友だし。寧々ちゃんから聞いた～」

「寧々ちゃんって、俺の姉さんの事か？　てかメル友って言葉古くないか？　てか、みっちゃんは今も姉さんと仲良しなのか？」

「うん。ほら、私よく寧々ちゃんに遊んで貰《もら》ってたでしょ？」

「まあ、俺の家に来る時は、俺と遊びに来たじゃなくて、姉さんに構って貰いに来たって感じだったしな」

姉さんとみっちゃんが仲良かったのを今でも思い出せる。

幼きみっちゃんにとって、姉さんは憧《あこが》れの対象。

べったりと引っ付いて、離れなかったみっちゃん。

本当に姉さんの全てを真似《まね》するような奴《やつ》だった。

引っ越《こ》す時、当時高校生だった姉さんに抱《だ》き着き、だだ泣きだったのは今でも鮮明《せんめい》だ。

で、引っ越した後も、姉さんとは固定電話で話していたり、手紙でやり取りしてたりしていたのを覚えている。

「まさか、まだ続いてたとはな……。てか、お前。隠し事が多いよな、ほんと」

「だって、聞かれなかったし。で、寧々ちゃんはどういうアドバイスくれたの？」

「ん？」

「あれ？　恋《こい》のアドバイスを貰ってないの？　私、寧々ちゃんに、哲君が恋でお悩みだから、是非《ぜひ》アドバイスを！　って頼《たの》んだよ？　私にも教えてと頼んだのに、恥《は》ずかしいから内緒《ないしょ》ですって、教えてくれないんだもん！」

姉さんが俺の部屋に来た時、まるで俺に好きな人が居る事を、知っているかのように言って来た理由。

それは、みっちゃんからすでに知らされていたから。

さらには姉さんが俺の部屋に泊まった日の寝《ね》る間際、唐突《とうとつ》に恋バナをして来た理由。

それもみっちゃんが俺に恋のアドバイスをしてあげれば？　と言っていたから。

繋《つな》がる線と線。思いのほか、驚《おどろ》きを隠せずため息が出てしまう。

「はあ……」

「思いもしてなかったって顔してるね。じゃあ、さらにさらに思いもしてなかったであろうことを教えてあげようではないか！」

「なんだ？」

もう何を言われようが驚かない。

どうせ、大したことじゃないだろと高を括《くく》っていたのだが……。

「哲君が一人暮らしが出来てる理由を、教えてあげようではないか！」

「そんなとこまで、お前関わってんの？」

「まあね。んじゃ、説明するとさ、寧々ちゃんは哲君の事を、寮《りょう》のある学校に入れようとしてたんだよ。誰も知り合いや保護者の居ないところに子供一人で放り込めないって」

保護者が近くに居るかどうかの差は大きい。

見張る人が居なければ、やりたい放題するかもしれないし、やりたい放題しなくとも、何かしら事件に巻き込まれた時が大変だ。

「……まさか、おばさんに何かあった時の事を頼んであるとか？」

「そういうこと。哲君に何か起きた時は、私のお母さんが出動する予定になってる」

「最悪の場合、保護してくれる大人が居る。だから、一人暮らしが出来ている。もう、俺。お前の事、怖《こわ》くなってきたんだが？　一体、後は何を隠してんだよ……」

「これで大体、内緒にしてた事は話したよ？　んじゃ、バイバイ。哲君！」

話すだけ話して満足した様子で、みっちゃんは去って行った。

……いや、うん。

世の中には秘密や思いもしてなかった事実が、溢《あふ》れてるんだな……。

＊

数日後。なんだかんだ行われた生徒会選挙。

他の立候補者とは戦わずして、俺は勝利を収めた。

生徒会副会長には、俺しか立候補してないのだから当然だ。

そして、来週には第一回の生徒会活動が控《ひか》えている。

でも、今はどうでも良い。

だって、山野さんとプールにお出掛《でか》けする直前である。

今度ある初めての活動である顔合わせなんて、今は本当にどうでも良い。

「じゃあ、行こっか」

おしゃれな服装で現れた山野さん。

あまり見たことのない服を着ていたので、つい聞いてしまう。

「その服。初めて見ました」

「どう？　似合う？　ちょっと秋感を出してみたんだけど」

「夏に比べて露出《ろしゅつ》も減って、凄《すご》く落ち着いた雰囲気《ふんいき》です」

「さすが間宮《まみや》君。私が意識したところをちゃんと見てるね」

「実は、山野さんが読んでるファッション雑誌をたま～にちらっと読ませて貰ってますし」

そう、山野さんが愛読しているファッション誌。

俺の部屋に置き去りというか、置いて行くことが多いので、たまに読んでいる。

女子がどういう服に興味があるのか、街頭アンケートのコラムが割と面白《おもしろ》い。

「コラムとかも読んでる系？」

「割とそれ目当てで読んでる感じです」

「そうなんだ。って、そろそろ行こっか」

合流した俺達はアパートを出る。

今日、行く予定のプールは屋内プール。

温水、流れるプール、ウォータースライダー、大きい流れるプール、と楽しめる要素が満点な場所だ。

そんな場所に向けて歩き始めた俺達。

横を歩く山野さんが少し眠《ねむ》そうにあくびをする。

「眠そうですけど、昨日は夜遅《おそ》くまで起きてたんですか？」

「お出掛けが楽しみで寝れなかったんだよ。間宮君はよく寝れた？」

「楽しみ過ぎて寝れないかと思いきや、逆にいつもよりよく眠れました」

「そっか。じゃあ、あれだ。電車で寝ても大丈夫《だいじょうぶ》？　ほら、プールを楽しむために充電《じゅうでん》しとかないとだし」

「分かりました」

というやり取りをした後。

俺と山野さんは電車に乗った。座席は空《す》いており、二人して並んで座る。

「さっき言った通り、お休み。あ、肩《かた》借りるね……」

目を閉じ、俺の肩を枕《まくら》にして眠り始めた。

移動しているだけなのに、もうお腹いっぱいな気分だ。

頬《ほ》っぺたをついつい触《さわ》りたくなるも、グッと堪《こら》えながら電車に揺《ゆ》られる。

＊

電車での出来事も束の間。

電車を降り、バスに乗り、気が付けばプールに辿《たど》り着いていた。

「着いた！　てか、ごめんね。肩によだれつけちゃって」

起き抜《ぬ》け、気が付くとよだれが俺の肩に引っ付いていた。

男友達とか、知らない人に付けられたのなら怒《おこ》ったかも知れないが、山野さんなら怒るどころか嬉《うれ》しいくらいだ。

「気にしなくて良いですって。それじゃあ着替《きが》えたら更衣室《こうい》の前で」

「おっけ〜」

割引券を使ってチケットを購入《こうにゅう》後、それぞれの性別の更衣室へ。

……男性用の更衣室で、俺はあっという間に着替えを終えた。

男なんて脱《ぬ》いで穿《は》くだけである。

更衣室を出て山野さんを待つ。

女子の着替えが、すぐに終わるわけがない。

更衣室前で、待つこと10分。

聞き覚えのある声が後ろからした。

「お待たせ。間宮君」

水色のホルターネック式の水着。手首にはロッカーのカギ。

そして、あれだ。

肩に掛《か》かるか掛からないかくらいの髪《かみ》が、今日はポニーテールになっていた。

いつもと違《ちが》う髪型。

ポニテになったことで、はっきりと見える首筋が凄く良い。

「その髪型も似合いますね」

「ん？　ああ、そっか。間宮君は知らないんだっけ？　私は体育の時とかは、いつもポニーテールなんだよ。もうすでに感想を貰ってるけど、もう一度聞く。どう、似合う？」

「はい。普段《ふだん》と違って首の後ろが良く見えて、新鮮《しんせん》で、その……えっと、印象が違くて凄く良いです」

見ているだけで、照れてしまう。

最初は髪型に目を奪《うば》われたが、くびれと太ももが凄く良い。

「さあ、見たまえ。見たまえ。女子高生の水着姿なんて、じっくり見られるのは今のうちだけなんだから。という訳で、私も遠慮《えんりょ》なく……」

俺の体をジーッと見つめ始めた。

この日のために結構体を絞《しぼ》ってある。

筋肉が綺麗《きれい》に割れはしていないが、それでも引き締《し》まっているのは分かるはずだ。

「ほほう。さては、この日のために相当、絞ったでしょ？」

「分かります？　そう言う山野さんこそ、今日のために大分引き締めましたよね？」

二人して、どや顔を交換《こうかん》し合うこと数十秒。

あまりにも二人して、誇《ほこ》らしげにし過ぎたのか、周囲からくすくすとした笑いが零《こぼ》れる。

「そろそろ行きましょうか」

「だね」

二人してプールを満喫《まんきつ》しようと動き始める。

何気に、片田舎《いなか》に住んでいた俺にとって、こういう施設《しせつ》に来るのは初めてだ。

という訳で、肩慣《な》らしに流れるプールで水の流れに身を任せることに。

「んー、流れる感じが中々に心地《ここち》良いね、間宮君」

「浮《う》き輪とかがあれば、より体の力を抜いて、流れに身を任せられるんですけどね」

ゆらゆらと作られた流れに身を任せながら、だらだらと話すときもあれば、

「えいっ」

時たま、水をばしゃりと掛けられる。

まるで、カップルかのようなやり取りを繰《く》り広げる。

さすがの俺も馬鹿《ばか》ではない。

この状況《じょうきょう》が起こるのは、普通に脈があるからだと。告白するという覚悟《かくご》を決めた俺にとって、喜ばしい事この上ない。

「間宮君。あっちのプールに行ってみよっか」

流れるプールをひとしきり楽しんだ。

他にもプールはたくさんあるわけで、別のプールへと向かおうと、水から上がる。

「……なんで、ここに先生が？」

生徒会顧問《こもん》である山口先生がプールサイドで友達（？）らしき人と語らっていた。

あの日の事が頭によぎって、さーっと血の気が引いて行く。

こんな様子を見られたら、どうなってしまうのか？　俺は良い。

でも、山野さんに迷惑《めいわく》が掛からないだろうか？

頭がうまく働かない……。

告白しようと決めたのに、この事だけがいつも気がかりで俺のやる気を削《そ》いでいく。

「どうしたの？」

「山口先生が居まして……。その、こんな様子を見られたら大変なんじゃ……と」

「ふ～ん。そっか。でも、大丈夫じゃない？」

意外と落ち着いている山野さん。

あの意味深な発言を受けていなければ、こんなもんだろう。

まるで、警告かのような発言を受けていなければ、今の山野さんみたいな振《ふ》る舞《ま》いを俺もしたに違いない。

「その、えーっと」

が、あの事を話せない。

山野さんは指定校推薦《すいせん》を狙《ねら》っている。

話してしまえば、学校で関わりを避《さ》けられるかもしれないのが怖い。

「そんなに怖がる必要ないよ？　山口先生とか一番安全な人だし」

「でも……」

背中にぴったりとくっ付いて来られた。

水着の生地の感触《かんしょく》と、肌《はだ》の感触。

「こんな感じでくっ付いていれば、顔が見えないでしょ？」

「そうですけど、逆に顔まで見られたら言い逃《のが》れが……」

「でも、今動いたらバレちゃうよ？」

「確かにそうですけど。俺に引っ付いて嫌《いや》じゃ……」

「嫌じゃ無いに決まってるじゃん。嫌だったら、こんな風に引っ付かないし。んじゃ、先生が見えなくなるまで、こうやって私は身を潜《ひそ》めてるね！」

山口先生は友達と語らいながら、どこかへと歩いて行く。

姿が見えなくなり、山野さんが俺の背にくっ付いて隠《かく》れる必要はなくなった。

が、しかし。

この状況をもう少し味わいたい俺が居た。

「まだ？」

「まだですね。念には念を入れておきましょう」

「山口先生相手なら、全然心配ないと思うんだけど。間宮君が心配ならしょうがない。うん、しょうがないしょうがない」

どこか楽し気にしながら、ギューッと抱《だ》き着く力を強めて来た。

いよいよ、理性の方がヤバくなりそうなので、山口先生が去ったことを伝える。

「もうそろそろ、大丈夫です」

「よいしょっと」

しっとりとした肌が離《はな》れて行く感覚が体を這《は》ってゾクリとくすぐったい。

でも、嫌じゃない感じだ。

「山口先生はあっち方面に行きましたし、逆方向に行きましょうか」

さすがに帰ろうと言い出せるわけがない。

で、見つからないように逃《に》げて行った先に待ち受けていたもの。

それは、ウォータースライダー。

山野さんを先にして列に並ぶこと数分後。

順番がやって来た。

「お二人さんですね〜。二人で滑《すべ》る場合は危ないのでちゃんとくっ付いてください」

ウォータースライダーにおける滑りはじめ、係員さんに二人で滑る場合は密着してくださいと言われてしまう。

二人で滑る場合、後ろの人が前の人にぶつかると危ない。

だからこその抱き着きなのだが、俺は躊躇《ちゅうちょ》する。

さっき、山野さんに散々抱き着かれてたろ？　って？

いや、違うんだ。

前側は俺じゃない。

つまり、俺が山野さんに抱き着かなくてはいけない状況なのだ。

「後ろが詰《つ》まりますので〜お早めにお願いしま〜す」

愛想笑いで係員さんが早く抱き着けと催促《さいそく》してきた。

スタート位置にすでに座っている山野さんも早く抱き着けと言わんばかりだ。

「……その、失礼します」

「ひゃっ。ちょ、何でそんな優しい感じで抱き着くの？　くすぐったいからだ〜め」

「ほらほら、彼氏さん。日和《ひよ》ってないで、もっとちゃんと抱き着く。くっ付いてないと、彼女さんにぶつかって怪我《けが》させちゃいますよ？」

係員さんにもそう言われ、俺は渋々《しぶしぶ》山野さんのお腹周りに手を回しギュッと抱き着く。

すると、本当にさっさと滑って行って欲しかったのか係員さんに背中を押された。

勢いよく、スライダーを下る俺と山野さん。

「きゃ～～～」

「あああああ～」

楽しそうに叫《さけ》ぶ俺達。

そんな楽しいのもあっという間、抱き着いた状態のまま、スライダーを滑り抜け、水へと放り込まれた。

バシャン！

大きく鳴った水の音。

水中に、潜《もぐ》る気も無いのに沈《しず》んだ俺は顔を水面に出す。

「ぷはあ。いやー、凄《すご》かったですね！」

「うん！　楽しかった！」

後から滑る人の邪魔《じゃま》にならないように、スライダーの出口付近から立ち去る。

「間宮君さ～。どさくさに紛《まぎ》れて胸触《さわ》ったでしょ？」

「さ、触ってませんって！」

「え～、本当に？　このこの～、抱き着けるのを良い事に本当は触ったんじゃない？」

肘《ひじ》で胸元《むなもと》をつつかれる。

胸触ったか、触ってないかについて無駄《むだ》な議論。

冗談《じょうだん》を軽い感じで言い合えるこの雰囲気《ふんいき》が、弾《はず》んだ気持ちにさせてくれる。

でも、それを壊《こわ》すかのように山口先生の姿が見えた。

咄嗟《とっさ》に俺は山野さんの手を掴《つか》み、物陰《ものかげ》へ。

山野さんを壁《かべ》に押し付け、それを俺の背中で隠す。

俺は見られても良いが、山野さんだけは見られてはダメ。

顔が見えないようにするためにも、俺の体を山野さんに近づける。

声を出せば、気が付かれるかも知れないので声は出さない。

そして、尻目《しりめ》に山口先生が過ぎ去っていくのを見守るのであった。

「ふぅ」

過ぎ去ったのを確認して安堵《あんど》した時だ。

「……間宮君のば～か！」

「いてててて」

頬《ほお》をつねられた。

そりゃ、いきなり説明も無しに壁沿いに追いやって、体を近づけて来たらそうなる。

「しゅ、みませんって。山口先生が近づいて来たので、仕方ないじゃないれすか」

「守ってくれたのは良いよ？　でもさ、普通さ、普通さ……」

いまいち歯切れの悪い言葉でなじられる。

頰を割と強めにつねる山野さんだが、途中《とちゆう》で手を離して俺に言う。

「まあ、守ってくれようとしたのが格好良かったから許す！　そして、そんな間宮君をつねった私をつねっても大丈夫《だいじようぶ》だよ」

頰を差し出されたので、頰を軽く引っ張った。

「これで終わりです」

「……随分《ずいぶん》、優しかったけど、後でもう一回って言ってもつねらせてあげないよ？」

それから、山口先生の目を搔《か》い潜《くぐ》りながら山野さんとプールを楽しむのであった。

＊

ひとしきり、全部のプールを楽しみ終わった時だ。

山野さんは、俺が気にしていることに突《つ》っ込みを入れる。

「あのさ、先生とかに変に思われたくないのは態度で良く分かった」

「すみません……」

「という訳で、プールも十分に楽しんだ。別の場所に遊びに行こっか」

ほぼ遊び尽《つ》くしたプール。

でも、お金を払《はら》ったのなら、もう少し楽しまなければ損だ。

だというのに、山野さんは俺が先生の存在を気にしている事に対し、気を使ってプールを去ろうと言って来た。

……正直に言うと申し訳ない気持ちでいっぱいだ。

ここで意地を張って、先生に山野さんとの事を見られても良い事は無さそう。

だからこそ、俺は謝りながら言った。

「すみません。でも、お金を払ったのに良いんですか？　もう、プールはおしまいで」

「ん～、さすがに来たばっかりで帰るならプンプンだったよ？　でも、かなり楽しんだし、割と皮膚《ひふ》もふにゃふにゃで、もう良いかなって感じ」

プールで遊ぶことを止《や》めて、どこか別の場所に行こうと話を始める。

「山野さん。バスで駅まで戻《もど》って、その駅から二つ行ったところの駅に行きませんか？　ちょっと、交通費が掛《か》かっちゃいますけど」

「ん？　やけに具体的だね。何かあるの？」

「実は大きなショッピングモールがあるんですよ」

下調べ済み。

大きなプールとはいえ、体力や、飽《あ》き、色々な問題で一日中楽しめるとは限らない。

そんな時に行けるような場所を調べておいたのだ。

「ほほう。それは良いね。ちょうど、洋服がそろそろ欲しいな～って思ってた」

「決まりですね。じゃあ、ショッピングモールに行きましょうか……」

俺と山野さんはこうして、ショッピングモールへと行くこととなった。

＊

ショッピングモールがある駅に辿《たど》り着き、ショッピングモールまでの道を歩いている途中、二人でどこを見ようかと話し合う。

「山野さんはどこか見たいお店はありますか？」

「んー、服屋さんかな。色々とお店が入ってるショッピングモールに行くなら、服屋さんは絶対に見ないと勿体《もったい》ないし」

「じゃあ、服から見ましょうか」

「せっかく見るのに、お財布がちょっと寂《さび》しいのが辛《つら》い……」

良いと思っても気軽に買えないせいか、手をくねらせて残念そうに言う。

にしても、服か……。俺もそろそろ買わないと不味《まず》いんだよなあ。

「秋物の服って、なんかもったいない気がするんですよね……。ちょっと冷え込み始める
のを無視すれば、それこそ春物で代用出来る気がしちゃって」

「でも、秋物と春物って色合いと柄《がら》が違《ちが》うから似てるようで微妙《びみょう》に違うんだよね……」

「そうなんですよ。だから、春と秋で共有が出来ないんです。でも、秋物を買うと冬物を
買うお金がなあ……」

話している最中に、冬物の服はほとんど実家から持ってきていない事を思い出す。

さすがにコートなしじゃ厳しいし、買わなければいけない。

しかし、コートは普段着《ふだんぎ》と違って、お値段も高め。

一度買えば長く着られるのは分かるが、それでもお財布に大打撃《だげき》だ。

「うーん。結構、ファッションを気にするとお金が掛かる。大学生になったら私服しか着
なくなるのが怖《こわ》いよ。で、間宮君。冬服はどのくらい実家から持ってきた？」

「全然持って来てません」

最近は節約をし始めたこともあり、遊ぶお金も増えた。

増えた遊ぶお金を冬服に回せば、十分に足りるだろうが、手痛い出費なのは事実だ。

「ん～。冬物の服に掛かるお金をどうにか抑《おさ》えられないか～」

山野さんもこれからの出費に嘆《なげ》く。

幾《いく》ら去年着た服があると言えど、多少は買い足さなければいけないはずだしな。

「服じゃないですけど、防寒具のマフラーを編むとかどうですか？」

冬という寒い季節。

服もそうだが、厳しい寒さを乗り越《こ》えるためには防寒具も必須《ひっす》。

防寒具をケチって、風邪《かぜ》を引くのは御免《ごめん》だ。

ネックウォーマー、マフラー、手袋《てぶくろ》、防寒用下着、その他もろもろ。

しかし、この中だとマフラーは毛糸で簡単に作れるに違いない。

「それもありかもね。去年使ってたマフラーをどこかで無くしちゃったんだよ。自分で編めば安く出来る。うんうん、良いかも……」

「ま、防寒具をどうするか考えるのは、もう少し先の話ですけど」

こんな感じで話をしているうちに、ショッピングモールに辿り着いた。

女性ものの有名店が数多く出店しているショッピングモール。

その中にある良さそうなお店に入る。

「どう、似合う?」

自身の体に白黒のボーダー柄ニットセーターをあてがう山野さん。

冬物ではないので生地は薄《うす》め、シルエットが目立つようなデザインだ。

すっきりとしていて、かつ冷え込み始める秋にはうってつけな一着だ。

「似合ってますよ。個人的にはボーダーよりも、単色の方が好きですけどね」

ボーダー柄というのは意外と好みが分かれる。

ありふれている柄ではあるが、存外無難とは言い難《がた》いのだ。

なにせ、似合っていなければ、ウォ〇リーをさがせという絵本の主人公ウォ〇リーっぽいだとか言われて、小馬鹿《こばか》にされやすい。

「単色かあ……。こういう風なボーダー柄も着てみようかな~って思ってたんだけど、間宮君が単色の方が良いって言うなら単色にしとこ」

「俺の意見を無理に取り入れなくても良いですよ?」

「私服を今、一番見せてるし。間宮君の好みは超《ちょう》優先事項《じこう》だもん。気にしないでって言われても、気になっちゃうよ」

一瞬《いっしゅん》にして、どきりとした。

私服を一番見せている相手は俺。

俺の事を意識して服を選んでいるのが、特別感のような錯覚《さっかく》を抱かせる。

「でも、本当に自由に選んでくださいよ。なんか、彼女が着る服を強制的に選ぶＤＶ野郎《やろう》みたいな感じになっちゃいますし」

「まあまあ、その辺はちゃんとわかってるって。あ、単色だとこっちが良いかも」

手に取ったのは同じくニットセーターだが明るめの灰色。

単色でシンプルなデザイン。

正直に言うとボーダー柄よりも、今、手にしている方が断然好みである。

「個人的にはさっきのよりもそっちが良いです」

「やっぱり？　間宮君はこっちの方が好きそうって思った。まあ、一緒《いっしょ》に過ごして随分と経《た》つから好みの一つや二つ分かって当然」

「だいぶ長い時間を一緒に過ごしてますしね」

反応で好みかどうか分かってしまう。

それは紛《まぎ》れもなく仲が良い証拠《しょうこ》で、距離《きょり》が近い証拠。

しかし、そこまで言っても友達止まりだというのがグサグサと胸を抉《えぐ》って来る。

「間宮君は私の反応で何か分かっちゃう？」

「何も分かりません」

俺の好みが分かるようになってきた山野さんに対し、山野さんの反応から何かを知るとかは出来ない。

「そっか。それは残念。ま、そのうち分かるようになってくれればいいや。んー、意外とこのセーターが可愛いから買いたくなってきたかも……。でも、これからの季節、文化祭の打ち上げで飲み食いするしね。ちょっと高めな気もするし、買うのはやめとこ」

明るめの灰色のセーターを棚《たな》に戻し、お店を後にして適当に練り歩く。

歩いている際に、さっき見ていたニットセーターは俺に買えなくもない値段だと考える。

せっかくのお出掛《でか》け、プールでは俺が先生を気にし過ぎているのに対し、気を使わせてしまった。

ここは、気を使わせるのを承知でプレゼントするのはありか？

「その顔はあれでしょ、プレゼントをしたいって顔だよ？」

「なんで分かったんですか？」

「好みかどうかの反応も然《しか》り、ある程度の思考も何となく分かる。どうみても、今の感じは私にプレゼントをしたいって顔してた。大丈夫《だいじょうぶ》だよ。お互《たが》いに一人暮らし、高いお金を使ってのプレゼントは無しで」

「分かりました。お金をあんまり使わないプレゼントにします。例えば……」

予《かね》てから、プレゼントをどうしても渡《わた》したい日があった。

そんな日には一緒に過ごしたいので、ずるい発言をしてみた。

「美味《おい》しい料理がプレゼントとかどうですか」

「ほほう。確かにそれは良いかも。んで、んで、いつくれるの？」

「誕生日とか？」

「じゃ、期待しとく。ちなみに私の誕生日は12月3日。忘れないように！」

「え、いや、その……」

誕生日を一緒に祝うことが、あっさりと決まってしまい驚《おどろ》きを隠《かく》せない。

「ん？　美味しい料理を振《ふ》る舞《ま》ってくれるんでしょ？」

「も、もちろんです」

「じゃあ、間宮君が私の誕生日に美味しい料理を振る舞ってくれるのなら、私もしないとね。誕生日はいつだっけ？」

「5月4日です」

「おっけー。覚えとく。てか、私達ってお互いの誕生日知らなかったんだ。驚きだよ……」

話しながらだらだらと歩いていたら、飲食店が並ぶエリアについていた。

プールに併設《へいせつ》のお店で昼食は済ませた。

しかし、体を動かして小腹が空《す》いている。

「小腹が空いたね。ちょっと何か食べてかない？」

「そうしましょう」

「間宮君にはプールの割引券を貰《もら》ってるし、ここは私が奢《おご》るよ。後、この前、停電した時に湯船に溜《た》めていたお湯も使わせて貰ったから」

「良いんですか？」

「うん、良いよ。ここは私に奢らせてって。一応、先輩《せんぱい》で年上でもあるんだしさ」

奢られなければ、わりと煩《うるさ》そうなので素直に奢られよう。

とはいえ、あんまり高いものは頼《たの》めない。

なんだかんだで、山野さんのお財布事情についてかなり詳《くわ》しいからな。

ちょうど目に入った手頃《てごろ》なアイスのお店。

よし、ここで奢って貰おう。

座る場所がないと困るので、俺は席で待つ。

待つこと数分、山野さんが手にアイスを二つ持って戻《もど》ってきた。

「お待たせ」

「あ、どうも」

オーソドックスなコーンの上にアイスが載《の》っているものを受け取る。

そして、山野さんも席について二人して食べ始めた。

「美味しい。でもさ、そろそろアイスの季節も終わりだよね」

「確かにまだ暑い日もありますけど、だいぶ落ち着いてきました」

「分かる。あ～、夏が終わるって感じ」

夏の終わりを感じてしんみりとする。

暑くて過ごしにくい季節だが、いざ去るとなるとちょっぴり寂しいのだ。

「そういえば、もう一度謝っときます」

「何を？」

「プールの事です。ほら、俺が先生を気にするあまり早く引き上げることになっちゃいましたし」

「気にしない。気にしない。そういう事もあるって。ま、山口先生なら本当に大丈夫なんだけどね……。でも、間宮君の言う通り、ちょっとは用心しておかないと不味《まず》いと言えば不味いのは良く分かるよ」

「でも、少なからずプールはまだ楽しめ」

ぴとっと唇《くちびる》に指先を当てられた。これ以上言うなって事か……。

確かに野暮《やぼ》だし、もう言うのは止《や》めるべきだな。

「よし、黙《だま》った。てかさ〜、間宮君。けい先輩と噂《うわさ》になっちゃってるけど、あれってどこまでが本当なの？」

「今、そこ聞きますか？」

「仕方ないじゃん。まあ、こういう風に私と遊んでくれてる時点で、けい先輩とは別に付き合ってないのは分かるけどさ。気になっちゃったんだもん」

「全然ですよ。けい先輩とはな〜んの関係も無いです。山野さんが知ってるだけの関係ですから安心してください」

「ふ〜ん。そっか。なら良かった。てっきり間宮君に、恋人《こいびと》を作るのを、先越《こ》されちゃったな〜とか悔《くや》しい思いをするところだったよ」

プールで体力を使い果たした。

落ち着いた雰囲気《ふんいき》で、山野さんとだらだらと過ごす時間。

しかし、だらだらと話していたのが悲劇を生んだ。

アイスを口に運ぼうとした時、溶《と》けてしまったせいでコーンから滑《すべ》り落ちた。

山野さんのが。

「ど、どど、どうしよ……」

声を震《ふる》わせ起きた悲劇に狼狽《うろた》える。

アイスは綺麗《きれい》に胸の上に収まっており、動けば落ちてしまいそうで、動けない山野さん。

……着ている服は白。

アイスの色はチョコレート味なので茶色。あっという間に白が茶色に染まっていく。

「取り敢《あ》えず、タオルで拭《ふ》きましょう」

カバンから大きなタオルを取り出す。

何せ今日はプールに行ったのだ。大きなタオルの一枚くらいある。

「うん、私はアイスが落ちちゃいそうだから代わりに拭いてくれる？」

取り出したタオル。

それを使って胸元《むなもと》にこんもりと載っているチョコレート味のアイスを取り除いた。

白の服が茶色に染まりつつあり、これ以上広がらないようにとタオルで優しく拭く。

「だいぶ、シミが残っちゃいそうですね……」

「間宮君が親切なのは分かるけどさあ……」

「？」

一瞬、何のことだか分からなかったが、ふと我に返った。

拭くために山野さんの胸元を触《さわ》りまくっているのだ。

「別にやましい気持ちがあってやってないのは分かるんだよ。でもね、さすがにちょっと恥《は》ずかしいかな～って」

「すみませんでした。つい、シミが気になって……。わざとじゃないんですよ？」

「そこは疑ってないよ。それにしてもシミが残っちゃうかも。取り敢えず、トイレでもうちょっとだけ綺麗にして来るね」

ちょうど近くにあったトイレに駆《か》け込む。

大丈夫だろうか？　と思いながら待つこと数分。

ちょっと、恥ずかしそうな顔つきで戻ってきた。

「周りから凄《すご》く見られてる気がする……」

確かに白い服の胸元には、大きな茶色のシミ。

見られていようが、見られていなかろうが、気になってしまうのは当然と言えよう。

……待て、これはチャンスなのではないだろうか？　さっき、山野さんが手にしていたニットセーターをプレゼントする、うってつけな機会なんじゃないか？

「ちょっとだけ、待ってて貰えますか？」

「ストップ。だめだよ、間宮君。さっき見ていたニットセーターを買いに行こうとしてるでしょ？」

「い、いや、そんなことは」

「はあ……。あれ結構なお値段してるんだし、絶対にだ～め！」

強く引き留められた。

漢気《おとこぎ》を見せようとした。

しかし、良く思って貰えなければ本末転倒《ほんまつてんとう》だ。

白のブラウスに出来た大きなシミは周りから注目されてしまう。

服を買って渡すのは出来ない。

でも、今着ているパーカーを差し出すくらいはしても良いだろ？

「チャックを上まで閉めれば見えなくなるはずです」

「さすが気遣《きづか》いの出来る男の子～。有難《ありがた》く使うね」

「存分に使ってやってください」

「あー、でもこのまま着たら間宮君のパーカーにシミが移っちゃうかも……」

「気にしませんよ？」

「ううん。冬服が～服を揃《そろ》えるのが大変だ～とか話をしてた間宮君。そんな子の服にシミを作るなんてもっての外《ほか》。チャックを閉めれば見えないだろうし、この服は脱《ぬ》ぐ」

俺の返事を聞く前に、再びトイレに行ってしまう。

そして、すぐに戻って来る。

パーカーのチャックを上まで閉めた装いで。

「パーカーのおかげで服を脱ぎ、洗面台でじゃぶじゃぶと洗えた。おかげでだいぶ染みが消えて大丈夫そう。ま、洗剤使って手洗いしないと跡《あと》は残るだろうけど……」

節約生活をする身。金銭的にあまり余裕《よゆう》がないのだ。

着ている服が台無しになれば心に傷を負う。

「一波乱ありましたけど、この後はどうしますか？」

「ぶらぶら歩こ？　時間はまだまだあるんだし」

それから俺と山野さんはぶらぶらとショッピングモールを歩き回った。

日も暮れて、帰宅ラッシュに差し掛《か》かる前。

「どうします？　今なら、帰宅ラッシュを避《さ》けて帰れますけど」

「そろそろ帰ろっか。って言いたいんだけど、何か買わないとショッピングモールに来た意味がって感じがするんだよ……」

「確かにここまで来て何も買わないって勿体《もったい》ない気がします」

うろちょろと何か良いものは無いかとお店を見て回る。

そんな中、ちょうど目に入った雑貨屋。

お手ごろな値段のマグカップが目に入った。

これからの季節、ドンドン寒くなるし、温かい飲み物を注《つ》げるマグカップは重宝するに違《ちが》いない。

「これはどうですか？」

「マグカップだ。これからの季節に大助かりだよ。それにお値段も普通《ふつう》に安いし。という訳で、パーカーのお礼として私からのプレゼントで」

「じゃあ、俺は常日頃《つねひごろ》からお世話になっているので山野さんにプレゼントします」

あまり高いものはプレゼントしないことにしているが、高くなければ話は別。

マグカップをプレゼントすると言った。

たぶん、ニットセーターより安いし受け取ってくれるはずだ。

「うん。じゃあ、有難く貰《もら》っちゃおうかな」

「良かった……。また、断られるかと思ってました」

「だって、ここは譲《ゆず》れないって顔をしてたし。言ったじゃん。反応でどんなことを考えてるか分かるって。だから、ここは受け取っておく。じゃ、買っちゃおっか」

こうしてマグカップを購入《こうにゅう》して俺と山野さんはショッピングモールを後にした。

*

帰宅ラッシュ前の電車。

ラッシュ前だが、そこそこ窮屈《きゅうくつ》ではある車内では大人しく過ごした。

そのせいか、気が付けばアパートの最寄り駅。

帰り道を歩きながら話す。

「今日は楽しかった。ありがと、間宮君」

「こちらこそ楽しかったです。それにしても、夜になるとやっぱり冷えてきますね」

夏も終わったせいか、日が暮れれば気温が下がる。

パーカーを山野さんに貸していることもあり、ちょっと震えてしまう。

「あ、ごめんね。私がパーカーを借りちゃってるから。さすがに風邪《かぜ》を引かせるわけにも行かないし返す」

震えた俺を見て申し訳なく思ったのか、パーカーを脱いで俺に渡《わた》そうとする。

相変わらずのおっちょこちょいだ。

そう、パーカーの下は下着だけ。俺に下着姿を晒《さら》してしまう。

目に入った下着姿。

それは何と言うか、凄いとしか言いようがない。

色はピンク。凝《こ》ったレース素材で出来ており、誰《だれ》がどう見ても気合が入っている。

それすなわち……今日は気合が入っていたということだ。要するに……

「きょ、今日は不特定多数の人の前で下着を晒すことを想定し、誰に見られても恥ずかしくない下着に……。こ、これなら、間宮君に見られても恥ずかしくないはず……」

「ま、まあ、そうですよね」

気合の入った下着は俺のため。

ちょっとした期待を抱《いだ》くも砕《くだ》かれた。

プール。不特定多数の前で下着姿になるわけで、気合を入れるに決まっている。

俺だって、わざわざ新しい下着を下ろしたし。

俺とのお出かけで気合を入れていた。

そう勘違《かんちが》いしそうになった数秒前の俺を、殴《なぐ》ってやりたい。

「……私ばっかりずるいと思う。という訳で、間宮君も見せるべきじゃない？」

顔を真っ赤にしながら、不審《ふしん》な手つきで近づかれる。

「山野さん？」

手がひょいっと俺の穿《は》いているズボンに伸《の》びてきたので避《よ》ける。

「なんで避けるの？」

「いや、その普通に」

「私ばっかり見られて不公平でしょ？　という訳で、間宮君のも……」

迫《せま》りくる山野さん。

普通に本気で脱がすつもりは無いだろう。

「見られるわけには行きませんって。俺だって恥ずかしいし」

「私もだよ。私ばっかり見られてるんだから、たまには間宮君も良いじゃん！」

脱がされることは無いと分かっていても、ここはノリで逃《に》げるのが正解だ。

そう思ってアパートまで駆けだすと、もちろん追いかけて来る山野さん。

最後の最後に、年甲斐《としがい》もなく鬼《おに》ごっこを繰《く》り広げてお出掛《でか》けは幕を下ろすのだった。

山野さんSide

「楽しかった……」

プールで遊んで、ショッピングモールで遊んだ。

今日一日が、楽しすぎて終わってしまったのが惜《お》しくて仕方がない。

「でもさあ。でもさあ……」

お出掛けで、仲を進展させたい。

そう望んでいたというのに、あまり望みは叶《かな》わなかった。

先生からの心証が悪くなる事を恐《おそ》れ、私と一緒《いっしょ》に居るところを見られたくない。

そんな間宮君を良い事に、わざとらしく顔が見えないようにとか言って、引っ付いてやったのにね……。

「あれで堕《お》ちないとか、本当に間宮君って女の子に興味があるの？」

というか、なんで山口先生をあんなにも怖《こわ》がってたのかが不思議である。

「もう、これはあれだ。襲《おそ》っちゃうしかないかも……」

諸刃《もろは》の剣《つるぎ》を振《ふ》りかざそうと覚悟《かくご》する。

でも、実は失敗した事があり、出来そうになく不安で仕方がない。

「あの時は本当にやっちゃったって思ったよ……」

停電の日。

あの時は本当にヤバかった。

間宮君から、いきなりお隣《となり》じゃ無くなるとか言われて焦《あせ》った私。

真《ま》っ暗闇《くらやみ》で体を洗っている中、突撃《とつげき》をするつもりだった。

でも、勇気が出せずに逃げた。

本当にあと少し手を伸ばしていれば、絶対に私と間宮君の仲は、少なからず変わっていただろうに。

「にしても、間宮君。私の下着類に興味ないというか、変に紳士《しんし》的すぎるよね……」

突撃を覚悟したあの時、私が忘れて行ったパンツ。

それを、まあ……これから着替《きが》えるものとしては、おかしい事に気が付かなかった。

お風呂《ふろ》上がりの着替えかのように、手渡《てわた》された時はえ？ って思った。

「もうちょっと私の下着類を弄《いじ》ったり、眺《なが》めてみたり、色々として良いのにさ。なんもせずに渡すとか、ほんと、どういう精神構造してるんだろ……」

そう、あの時に間宮君から渡されたパンツ。

実は着替えとして用意したやつではないのにね……。

「っと、そろそろお腹空《す》いたしご飯でも……」

プールとショッピングモールでの余韻《よいん》が体に染み渡っている。そのせいか、何をするにしても落ち着きが生まれない。

料理の作り置きも、この前の停電のせいでご臨終。

「ん～、久々にコンビニ行っちゃお……」

封印《ふういん》していたコンビニでのお買い物へと向かうことにした。

で、玄関《げんかん》を出てコンビニの真ん前。

私はとある人と再会した。

「もしかして、楓《かえで》ちゃんですか？」

「……え？　もしかして――ちゃん、いえ――さん？」

「はい。お久しぶりです」

思いがけなかった人物との再会。

夏休み。私が小さい頃《ころ》に、うちの旅館にアルバイトで働きに来た女性。

野菜を卸《おろ》してくれている農家さんの娘《むすめ》さんに当たる人だ。

気が付けば、コンビニ近くにあるちょっとした公園のベンチで色々と話した。

今、一人暮らしをしている事とか色々とだ。

「一人暮らし……ご両親はさぞご心配でしょうね」

「まあね……。大変だよ。お母さんが、保護者や知り合いが居ないのがねえ……って、まだうるさくてもう大変」

「それはそれは……。ご実家の旅館ですが、先日の大雨は大丈夫《だいじょうぶ》でした？」

「あ～、ちょっと屋根が壊《こわ》れたらしい。そっちのご実家の方は大丈夫だったんですか？」

「うちもちょっと被害《ひがい》にあったみたいで、ハウスが一つ壊れました。なので、無理な発注が受けられなくなって、チャンスロスだ～って嘆《なげ》いてました」

ん？　大雨の後、お母さんが大きな団体さんが予約入った～って喜んでた気がする。

「ふぅ。危《あや》うく、大惨事《だいさんじ》になるとこだったかも。早めなら、多めの発注大丈夫ですか？」

「ハウス一つが無くなってるので……。あ、でも、事前に言って貰えれば、なんとかそれぞれの販売《はんばい》ルートに流す量のコントロールで、融通《ゆうずう》が利《き》くと思いますよ」

「んじゃ、お母さんに後で発注は早くするんだよ～って催促《さいそく》しとこ」

「なんだったら、私が今、話を付けましょうか？」

「え～、良いよ良いよ。というか、時間大丈夫ですか？」

「あ、大丈夫ですよ。どうせ、待ってる相手は待たせて良い相手ですから」

「んじゃ、もう少しだけ。最近は、どうしてるんですか？」

「普通に会社員ですよ」

同郷とまではいかないが、目の前で話してくれている人は、私と似たような田舎《いなか》に住んでいたのだ。

これからの将来設計を考える上で、割とお話は聞いておきたい。

大学はどのくらいお金が掛《か》かって、勉強はどのくらいしたのかとか、大学の教科書ってやっぱり高いんですか？　と色々と今後についての心配事を聞いた。

嫌《いや》な顔一つせず、私にきちんと答えてくれる。

「にしても、あのやんちゃっ子が、こうも大きくなっていたとは思いませんでした」

「あはは……。お姉さんも、だいぶ雰囲気《ふんいき》変わりましよね。昔に比べて、物腰《ものごし》が……」

「ええ。さすがに、汚《きたな》い言葉遣《づか》いは卒業しました。ある意味、楓ちゃんのとこでアルバイトをしなければ、言葉遣いの大切さに気が付けなかったかもしれません」

「へ～」

それからも、好きな子は今いるかとか、色々とお姉さんと話した。

普段《ふだん》、会わない人で、なおかつ、年上。

そんな人への恋《こい》の相談は少しばかり弾《はず》んで、色々と話せた。

「ありがとうございます。恋の相談をして、すっごく気持ちが楽になりました」

「それは良かったです。一人暮らし。羽目を外し過ぎちゃダメですよ？」

「うん、分かってます」

それから結局、ずるずると長話する私であった。

5章

山野《やまの》さんとお出掛けをして、別れた後の事だ。
なんだかんだで、お金を使ってしまった事に気が付く。
これからの季節は体育祭や文化祭、それの打ち上げと、イベント盛りだくさん。
それらに参加するためにも、節約をしなければならない。
もう忘れがちだが、一応、欲しいゲームを買うために貯め始めた貯金がある。
それを崩《くず》せば何とかなるのだが、せっかく貯《た》め始めたのに崩したくはない。
「あー、これは……」
夕食を作るべく、冷蔵庫を漁《あさ》っていた。
節約、節約、とか言ってる癖《くせ》に冷蔵庫の中には消費期限が切れたラーメンの生麵《なまめん》。
特売で買ったやつだな……。っく、特売品が期限短めなのをすっかり忘れてた。
「4日ぐらいなら大丈夫では？」
たったの4日過ぎた消費期限。
節約だとか言っておきながら、食材を無駄《むだ》にするのは許されざる行為《こうい》。

それに消費期限は美味《おい》しく食べられる目安であるから、期限が過ぎたとしても大丈夫だと聞いた覚えがある。

そんな軽い気持ちで、消費期限切れのラーメンの生麺を茹《ゆ》でて夕食とした。

突然《とつぜん》、来訪者が来て、衝撃《しょうげき》的な事を告げられたとか、色々とあったが、生ラーメンを茹でて食べてからもうかれこれ3時間経過した。

「やばい……」

猛烈《もうれつ》な腹痛が襲《おそ》い掛《か》かってきた。

どうやら、消費期限切れの生麺は大丈夫ではなかったらしい。

……こうして、俺は盛大にお腹を壊《こわ》した。

＊

痛むお腹を押さえながら、学校へ行く。

ちょうど玄関を出ると、山野さんと出会う。

しかも、俺の顔色が悪い事に気が付いたのか心配の声を投げかけてくれた。

「顔色が悪いけど、大丈夫？」

「あ、はい。ちょっと、昨日消費期限切れの生麺を茹でて食べたんですが、それにあたったみたいでして……。昨日からお腹が痛くて」

「ダメだよ。消費期限切れは気を付けなきゃ。賞味期限ならまだしもさ」

「あれ？　賞味期限切れがある程度過ぎても食べられる方でしたっけ？」

「賞味期限が多少過ぎても大丈夫で、消費期限が過ぎたら不味《まず》い奴《やつ》だね。まあ、消費期限切れでも、多少は過ぎても平気なんだろうけど」

「ですね。さてと、ちょっとトイレに行ってきます」

「うん、学校には遅刻《ちこく》しないように気を付けるんだよ？」

「はい……」

せっかく、玄関で出会えたというのに、一緒《いっしょ》に学校に行くのは叶《かな》わず。

また腹痛に襲われ、トイレに籠《こも》る。

玄関で会えたのに、腹痛のせいで一緒に学校へと行けなかったのが悔《くや》しい。

まあ、……食べ物にあたってしまったのは仕方がない。

そう思いながら、用を終えた俺は、少し青ざめた顔で学校へと歩き始める。

で、そんな俺に話しかける者が一人。

「で、どうだった？」

みっちゃんである。

それもそうである。プールの割引券をくれたのはこいつだ。

俺も山野さんと行くことになったと伝えてあるので、気になっているのだろう。

なにせ、裏でちょくちょく手を貸してくれているのだから。

「ん、ああ。別にそこそこだ」

事細かに語るのは、恥《は》ずかしいのでぼかす。

……ぼかしたせいもあるのか、みっちゃんは悩《なや》まし気に聞いて来た。

「顔色悪いけど、失敗した？」

「失敗してない。ただ単に体調不良だ……」

「ふーん。そっか」

「ところで、お前。姉さんとメル友だったよな？　絶対にこの事、言うなよ？　さすがにこんなバカなことで心配は掛けられん」

「完治してから、哲君《てつ》が期限切れの食べ物食べてお腹壊した！　って密告する」

姉さんはしっかり者。

多分、こんな馬鹿《ばか》してお腹を壊したと知れば、さすがに怒《おこ》るだろうなあ……。

「んでんで、デートは？　誤魔化《ごまか》さないでちょろっとどうだったか教えてよ〜」

「別にダメだったってわけじゃないが。まあ、察してくれ」

「進展なしとか、ほんとに間宮《まみや》君のこと友達としか……」

「あー、あー、なんか言ったか？」

俺が決めた告白のタイムリミットも近い。現実から逃《のが》れようと、聞こえなかったふりをしたら、ポンポンと肩《かた》を叩《たた》かれ慰《なぐさ》められる。

慰められる必要など無いというのにおかしい。

「……はあ」

「まあ、構って貰《もら》えてるうちはチャンスがあるから頑張《がんば》れ。学校でのいちゃ付きも、限度を超《こ》えなければ山口先生が絶対に内心に響《ひび》かせないらしいし」

「いやいや、あの先生がか？　俺になんか凄《すご》い意味深な事を言って来たあの人がか？」

「え、なになに。何言われたの？」

あの日の事をみっちゃんに話した。

すると、俺を小馬鹿にして、笑いに笑って肩を叩く。

「それ、多分冗談《じょうだん》だよ。ブラックジョークってやつだって。何でそれを本気にしちゃうかな〜。馬鹿でしょ」

「……いや、でも」

「んじゃ、お姉ちゃんか山野さんにちゃんと聞いてみなよ。こういう事、言われたんですけど、どう思いますか？　ってさ」

あまり山口先生の事を知らない俺。

片や、生徒会活動で山口先生と関わっており、良く知る人。

どっちの情報が正確なのかは言うまでもない。

というか、あれだ。

プールで、山野さんは山口先生にならば見られても、平気だと思うけど……って普通《ふつう》に言ってた記憶《きおく》がある。

要するに本当の本当に問題が無かった？　いやいや、そんなわけ……な、ないよな？

＊

放課後、俺は生徒会活動のため生徒会室にやって来ていた。

壊したお腹も痛みは引き、随分《ずいぶん》と元気を取り戻《もど》しつつある。

とはいえ、夕食は胃に優しいものを入れなければ、またお腹が痛くなりそうだ。

壊したお腹を気にしていると、先に生徒会室で待っていた顧問《こもん》の先生、山口先生が俺に話しかけて来た。

「二人でプールとは、山野さんとは中々に仲が良いんですね」

「え、あ、はい」

「いや～、なんとなく二人の仲が良さそうなのが見えていたので、激励《げきれい》を送った甲斐《かい》がありました。あ、激励でもありますけど、一応注意でもあるのは忘れないように」

「……そ、そうですね」

「にしても、山野さんを好き過ぎるから、筑波《つくば》さんを応援《おうえん》演説者に選んでまで生徒会選挙を勝とうとは本当に青春って感じです」

……。

うん、普通にプールで遊んでいたこともバレてた。

そして、あれだ。めっちゃ、優しいんですけど、この先生……。

山野さんが、山口先生なら全然平気だと思うと言っていたのが嘘《うそ》じゃないと秒で証明されてしまう。

「というか、あれです。山口先生のあの発言。最初はびっくりしましたよ。あれ？　脅《おど》されてるんじゃ……って感じで。ま、すぐに激励だって気が付きましたけど」

激励だと全く気が付けなかったが、恥ずかしいので気が付いた事にするのであった。

てかさ、山野さんは山口先生がこういう先生だと知っていた。

なのに俺はあんなに気にする素振《そぶ》りを見せてしまったとか……恥ずかしいんだが？

なんで素直に言う事を信じなかったんだよ……。

「あ、そう言えば。山野さんとの仲良しっぷりもそうですが、一応、筑波さんとの仲良しも継続《けいぞく》してあげてください。受験も終わってるせいで、やたらめったらと、男の子から告白されまくりで、困っちゃってるんです。一つ噂《うわさ》があるだけで告白は減りますし」

何この優しい先生。

確かに言動でこそちょっと腹黒さは感じるが、こんな先生に恐怖《きょうふ》していた過去の自分を殴《なぐ》りたい。

「山口先生って、その……生徒の色恋《いろこい》に優しいのは分かるんですけど、それって学校的にはどうなんですか？」

しまった。あんまり話したことが無かったので、変な事を聞いてしまった。

それでも、答えづらいだろうが答えてくれる先生。

「学校的には良くないです。でも、それでも私は生徒の味方をします。とはいえ、私がいくら守ろうとしても守れない時もある。だから、仲良くするのは良いですけど、きちんと注意はしておかないとダメですよ?」

勘違《かんちが》いだった。

山口先生は腹黒い先生どころか、超《ちょう》優しい先生だった。

よくよく思えば、俺達を厄介《やっかい》に思うなら、そもそも生徒会に入れようとしない。

山野さんも、そんな先生であったと知っていたなら、俺を生徒会に誘《さそ》わない。

こんな簡単な事さえ気づけない俺。恋は盲目《もうもく》って嘘じゃないんだな……。

加えて、学校で仲良くしても守ってくれるという山口先生の発言。

それは、告白しようと考えている俺にとって、何よりも有難《ありがた》い言葉だった。

＊

山口先生と二人で話したのも少し前。

生徒会は代替《だいが》わりし、本格的に活動が始まる。

役員一覧は以下の通りだ。
生徒会長（2年）山野　楓《かえで》
副会長（1年）間宮　哲郎《てつろう》
書記（2年）花田《はなだ》　光《ひかる》
書記（1年）八坂《やさか》　勇将《ゆうしょう》
会計（2年）三鷹《みたか》　早希《さき》
会計（1年）神楽《かぐら》　玲菜《れいな》

生徒会顧問　山口先生

このメンバーでこれからの学校行事等を支えていくことになる。

文化祭や体育祭が近づき生徒たちが活発化。

文化祭実行委員会や体育祭実行委員会がルールを守っているのかを、第三者として不正をしていないか見守りつつお手伝いするのが当面の仕事だそうだ。

要するに何でも屋である。

生徒会室に集まった生徒会役員。

初顔合わせ。妙《みょう》に張《は》り詰《つ》めた空気の中、親睦《しんぼく》を深めるために山野さんが音頭《おんど》を取る。

「よし、みんな集まったね。んじゃ、取り敢《あ》えず顔合わせ。山口先生がジュースとお菓子《かし》をくれたのでそれ片手に自己紹介《しょうかい》でもしよっか」

そう、仕事を始める前に、少しは互《たが》いの事を知る必要がある。

ビジネスじゃあるまいし、互いの事をまったく知らない状態はただ息苦しい。

親睦を深め始めるべく、ジュースやお菓子を片手に生徒会室で駄弁《だべ》り始める。

一年生の八坂に俺は聞いた。

「生徒会副会長に立候補する人～って先生に聞かれた時、手を挙げていたのに、どうして書記に立候補したんだ？」

「うちの学校は役職が持ち上がりだろ？　副会長になれば、次は生徒会長。そう考えると、微妙《びみょう》な気がしてな」

それから、八坂と色々話して行く。

話題は俺が一人暮らしをしている事へ。

「凄いな、間宮は一人暮らしをしてるなんて」

「寮《りょう》か一人暮らしをせざるを得ない田舎《いなか》だったからな……」

「田舎とはいえ、なんとか通える高校はあったんじゃないのか？」

「あったと言えばあった。しかし、一校のみ。評判は……察してくれ」

田舎の治安の悪さを舐《な》めてはいけない。

実家の近くにある高校。

子供は絶対に近寄らせてはいけないというルールがあるくらいだ。

「なるほど」

「あ、間宮くんはやまのんと同じく一人暮らしなんだ！」

八坂と話をしていると、その内容に割り込んで来たとある先輩《せんぱい》。

2年の会計。三鷹早希先輩だ。

「あ、はい。山野さんと同じく一人暮らしをしてます」

「どこら辺に住んでるの？　やまのんはここからちょっと歩いた場所にあるアパートに住んでるよ！」

軽い感じで話す三鷹先輩の頭を小突《こづ》く山野さん。

「早希。人の個人情報を勝手に話さないでよ」

「えー、良いじゃん。てか、間宮くんとやまのんは顔見知りなんだよね？　一体どこで顔見知りになったの？」

三鷹先輩の声、どこかで聞いたことが……

あ、思い出した。

この声って、山野さんが友達と部屋でたこ焼きを作って食べていた時に、部屋を漁《あさ》って、男物のジャージを見つけたことを良い事に、山野さんを追《お》い詰めてた友達の声だ。

てか、山野さんとの関係をどう話すべきか……。

山口先生は一応、注意はしておくようにと言っていたし、ひけらかすのは無しだ。

適当に誤魔化《ごまか》そう。

「スーパーで会ったんです。で、ちょくちょくお話をする間柄《あいだがら》になったわけです」

「なるほどねー。あ、でも、あれだよ。やまのんを狙《ねら》うのなら気を付けなよ？　こやつは男物のジャージを隠《かく》し持っている。要するに男が居る！」

思ったことをすべて話してしまうような性格。

悪い人じゃないが、この人にあんまり山野さんとの関係は話さない方が良さそうだ。

「あ、そうなんですか」

「おやおや？　やまのんに男の影《かげ》があると知っても動揺《どうよう》しないということは……あれだ！

ジャージの持ち主は君なのかな？」

察しが良すぎる三鷹先輩。

どう答えるべきか悩《なや》んでいると、頼《たの》もしい生徒会長が代わりに答えてくれた。

「変なこと言って後輩を困らせちゃダメだよ？」

「はーい」

山野さんに指摘《してき》され素直に引き下がる。

今度は横で話していた別の人たちの会話に混ざりに行く三鷹先輩。

正直に言うが、あの人に山野さんとお隣《となり》さんだとは内緒《ないしょ》にした方が良さそうだ。

「三鷹先輩って嵐《あらし》みたいだけど、ほんと良い人だよな……」

話に割り込まれる前に話していた八坂が、率直な感想を述べた。

そんな八坂と俺は他愛ない会話を続ける。

「ああ、そうだな。そう言えば、八坂はどうして生徒会に入ったんだ？」

「せっかくの高校生活、色々なことがしたかった。そっちは？」

「山野さんと親しくなって興味が湧《わ》いた」

正直に言う。

このくらいなら、別に変に騒《さわ》ぎ立てられるようなことは無いはずだ。

「なるほどな。知り合いがいれば入ってみようと思うもんな」

「そういう事だ」

こんな感じで八坂とはもちろん。

他の生徒会役員たちと親睦を深めていく。

そして、時間は過ぎ去り親睦会は終わりを告げ、皆《みな》が帰りの準備をしている。

「やまのん。今日、やまのんの部屋に行きたい！」

三鷹先輩が山野さんちの部屋に行きたいと言う。

「んー」

少し悩んだ様子で、ちらりとこちらを見てくる。

別に、俺の事は気にしないでくださいと、適当なサインを送る。

「分かった。良いよ、来ても」

「やったね。あ、せっかくだから神楽ちゃんも来なよ。あんまり、お話し出来なかったしさ～」

強引《ごういん》さを感じさせる発言。

だが、あんまりお話が出来なかったという理由で神楽さんを誘う。

その姿はどこか頼もしいところがある。

「俺達、男子もどこかで遊ぶか？」

女子が親睦を深めるのなら、男子もと思い八坂に話しかける。

すると八坂はイケメンな上に、さらに属性を盛ってきやがった。

「あ〜、帰ったら妹達の飯を作ってあげなくちゃダメでな」

帰ったら妹達のお世話をする。こりゃ、モテない訳が無いな。

モテる男が本気になったら敵《かな》わない。山野さんを狙うんじゃないと牽制《けんせい》するつもりで、帰り際《ぎわ》だというのに新たな話題を振《ふ》ってしまう。

「ところで、八坂。イケメンだが、彼女を作る気はあるのか？」

「あ〜、今んとこないな。好きな人もいないし」

「そうかそうか。それは良かった」

と思っていたが、八坂はなにやら熱い視線を送っていた。

視線の先に居たのは……三鷹先輩。

帰る準備を終え、生徒会の女子たちが居なくなった廊下《ろうか》で八坂に聞く。

「もしかして、お前。三鷹先輩の事が好きなのか？」

「まあな。悪いな。さっき、お前に生徒会に入った理由を聞かれた時、色んなことがしたかったと言ったけど、あれは嘘《うそ》だ。もちろん、好きな人がいないってのもな。幻滅《げんめつ》したか？」

幻滅どころか、共感さえ覚える。好きな人が居るから生徒会に入ったのは、俺もだし。

「……いいや、全然。むしろ、普通《ふつう》だろ」

「お前ならそう言うと思ってた。お前も、山野先輩をよ～く見てたし」

「……さあな？　と言いたいが、その通りだ」

何がとは言わないが通じ合う。


こうして、俺の生徒会生活が始まった。

＊

消費期限切れの生ラーメンを食べた。

それでお腹を壊《こわ》した。

すぐにお腹の痛みが引いたこともあり、安心していつも通りに食べた結果。

お腹をまた壊した。

今日は優しい食事を作ろうと、夕方のスーパーで何を買おうか悩む。

「あら、奇遇《きぐう》ね」

「あ、どうも。けい先輩」

同じくお買い物中のけい先輩に出会った。

すると、俺の顔色があまり良くなかったのか心配されてしまう。

「顔色が悪いわよ？」

「お腹が痛いだけです。完璧《かんぺき》に俺が悪くて……」

自業自得《じごう》でお腹を壊したのを、笑い話としてけい先輩に話す。

すると、けい先輩が少し笑いながら俺に言う。

「ちょっとしたおバカさんね。痛みが引いたからって、すぐに安心し、いつも通りの食事を摂《と》るなんてダメじゃないの」

「今回ので、それが凄《すご》く身に沁《し》みました」

「ところで、哲郎君は消費期限切れの食品を食べなければやって行けない程、切羽詰《せっぱつ》まってるのかしら？」

「勿体《もったい》ない精神で食べました。ただ節約してるだけで、食うには困ってませんよ」

そう、別に節約しているからといって、食べるのに困っているわけではない。

友達にも節約をしてると言うと、金の心配をされる。

節約って言うと、なぜだか生活が苦しいと思われがち。

もっと自由に使えるお金が欲しいから、節約をしているだけなのにな。

「遊びたいお年頃《としごろ》だもの。お金を浮《う》かしたいのは当然ね」

山野さんも俺と同じくそこまでお金に困っているわけではなくて、使えるお金を増やしたいだけだしな。

「そう言えば、お腹に優しいご飯は何が良いと思いますか？」

こんな風にスーパーで会えるけい先輩は家庭的。

胃に優しい料理について聞けば教えてくれるに違《ちが》いない。

「そうね……。オーソドックスに行くと、おかゆとか雑炊《ぞうすい》はどう？」

「おかゆと雑炊ってどう違うんですか？」

「おかゆはお米の状態から水を多めにして煮《に》るの。雑炊は炊《た》いたお米を出汁《だし》や具と一緒《いっしょ》に煮て作る。大体、そんな感じね。個人的には雑炊の方が簡単だからおすすめよ。とはいえ、おかゆも炊いたお米を水で煮れば簡単ね」

おかゆと雑炊の違いをちゃんと答えられるあたり、やはりけい先輩は凄い。

「雑炊にします。おかゆのドロッとした感じよりもサラッとした方が好みなので」

「雑炊はシンプルに鶏《とり》がら出汁、もしくは昆布《こんぶ》出汁を入れ、ご飯を煮込む。最後に卵を溶《と》き入れて、お好みでねぎを散らしても良いわ」

簡単な雑炊のレシピまで教えてくれたけい先輩。

生徒会の応援《おうえん》演説を頼んだ時もそうだが、やはり頼《たよ》りになる。

「本当に頼りになります」

「おだてても何も出ないわよ？　と言いたい所だけど、そう言えばあげられるものがあったわ。親の知り合いから送られて来たリンゴ。それをあげるわ」

「あ、ありがとうございます」

＊

「お待たせしたわ」

スーパーでの買い物を終えて、アパートで待つこと10分。

わざわざ、けい先輩《せんぱい》がリンゴを届けにやって来てくれた。

トートバッグから取り出した袋《ふくろ》、その中には2個のリンゴが入っていた。

「ありがとうございます」

「良いのよ。毎年のように大量に送られてきて困っているの。去年もやまのんや他の人に配ってなんとか使い切った位なんだもの」

「いえ、それでもありがたいです。本当にありがとうございます」

「じゃあ、お腹を大事にするのよ？」

ガチャン。

お隣さんの玄関《げんかん》が開いた。

「あら、やまのん。どこかへお出掛《でか》けかしら？」

「って、けい先輩じゃん。どうしたの？」

「はい、これ。哲郎君とあなたへのお裾《すそ》分《わ》け」

トートバッグからもう一袋を出し、やまのんこと山野さんへ渡《わた》す。

「そっか。ありがとね。けい先輩。にしても、間宮君もけい先輩も何もないとか言ってる癖《くせ》にさ〜。私よりも先にリンゴをお裾分けして話してる……って事はほんとは出来てる感じなのかな？」

「失敬ね。たまたまよ」

「え〜、本当？　実は出来てるんじゃないの？」

「ええ、そうよ。実は出来てるの。今日、ここに来た本当の理由は、リンゴを渡すためじゃなく、哲郎君がお腹を壊したから、甲斐甲斐《かいがい》しく雑炊を作るためよ」

固まる俺。

固まる山野さん。

いじらしく笑うけい先輩は、開いていた俺の部屋へ繋《つな》がる玄関内に入り、そしてドアを閉めた。

「あの〜、冗談《じょうだん》ですよね？」

「もちろん冗談よ」

「……ですよね」

「あまりにもあなた達が進展しないんだもの。少しばかりのお節介《せっかい》よ。見たでしょ？　あの固まりようを。あれで、あなたを何とも思ってない訳が無いわ」

お隣《となり》さんに彼女っぽい人が現れた。

そりゃ、誰《だれ》だって固まる気もするような……。

「あれは嫉妬《しっと》よ。嫉妬。好かれてるって、いい加減気が付きなさい」

「お隣さんに仲の良い人がいれば誰だって……」

「はあ……。どこまで鈍感《どんかん》なのかしらね。この子。良いわ。もっと、あなた達が繋がれるようにお節介をしてあげようじゃないの」

携帯《けいたい》を取り出し山野さんに電話をかけるけい先輩。

「ふふ、私に哲郎君を取られて悔《くや》しかったら、料理で勝負よ？　という訳で、私に雑炊対決で勝ったら返してあげる」

それから少しの間、会話をしたけい先輩は電話を切った。

「あなたを奪《うば》い返すために、雑炊を作ってくれるみたいよ。良かったわね。さて、私も始めるとしましょうか。台所、借りるわよ？」

何が何だかよく分からない気もするが、けい先輩のために材料を用意する。

すると、手際よく雑炊づくりを始めた。

「あの、どうしてこんなことを？」

「暇《ひま》なの。受験も終わって、何もすることが無いの。だから、こうして後輩たちをからかって遊ぼうってだけよ。それに……」

「それに？」

「みっちゃんから聞いたのだけれども、お隣さんじゃなくなるのが早まったのでしょう？もうすぐ会う機会も減るでしょうし、今のうちにより仲良く出来るようにお節介よ」

……そう、実は姉さんから最初に告げられた引っ越《こ》し時期は冬前。

残念なことに、それがだいぶ早まると少し前に言われた。

本当にお隣同士で居られる時間は、あと少ししか残されていない。

とまあ色々と考えこんでいると、いつの間にかけい先輩作の雑炊が出来上がった。

ガチャリ。

いつもはインターホンを鳴らして入って来ることが多いが、今日は違った。

「お待たせ！　間宮君！」

お鍋《なべ》を持った山野さんだ。

「さて、勝負の時間ね」

さすがにキッチンで食べるのはあんまり行儀《ぎょうぎ》が良くない。

場所を部屋に移して、山野さんとけい先輩が作った二つの雑炊を食べ比べる。

「じゃあ山野さんの方から」

スプーンで雑炊を掬《すく》って口に含《ふく》む。

煮込んだことによって、ふやけて柔《やわ》らかい食感となったとろみが出たご飯を噛《か》む。

鶏ガラ出汁を良く吸っており、口いっぱいに広がる旨《うま》さ。

それでいて、塩分は控《ひか》えめだが、鶏ガラ出汁が強く味気なさは感じさせない。

「美味《おい》しいです。塩分は控えめなのにしっかりと味がします」

「でしょ？　ちょっと出汁を多めに入れたからね」

「次は私の番ね」

お次はけい先輩が作った雑炊。

「それじゃあ……」

雑炊を口に含むと大きな違いを感じた。

先ほど食べた山野さんの雑炊よりも、心なしかサラッとしている。

味は山野さんのと大差はない。

「こっちの方が個人的に好きですね。さらさらした感じが美味しいです」

「あ、ほんとだ。さらさらしてる……」

勝負に負けた山野さんは悔しそうに言いながら、けい先輩が作った雑炊を口にする。

「やまのんはご飯は洗ったの？」

「え、雑炊のご飯って洗うの？」

「別に洗わなくても良いわ。でも、洗うとご飯のぬめりが取れて、さらっとする。おかゆと雑炊の話をした時、哲郎君がおかゆのちょっとドロッとした感じよりもサラッとした方が好きと言ってたの。それで、きちんとご飯を洗ってみただけよ。普段《ふだん》、家で作るときはざるで洗うのが面倒《めんどう》だからしないのだけれどもね」

「そうだったんだ……。って、私が知らない間宮君……」

けい先輩は立ち上がり、少し離《はな》れた。

そして、手招きで呼ばれたので向かうと、小さな声で言われた。

「あれを見てまだ好意を抱《いだ》かれていないと思うの？」

「……いや、まあ思わなくもないですけど」

「だったら、いい加減に告白しちゃいなさいよ」

「断られたらあれですし……」

「まったく、そういうとこが哲郎君の良くないとこなのよね……。今は平気かも知れないけれども、そのうち本当に心が離れて行っちゃうわよ？」

「……」

生徒会選挙が終わって1か月以内に告白すると決めた。

だというのに、ここまでの激励《げきれい》を受けてもなお、動けない小心者な自分が嫌《きら》いだ。

ほんとうに嫌いだ。

部屋の片隅《かたすみ》で聞かれないような小声での会話。

何を話しているのか、そわそわと気にしている様子の山野さん。

「やまのん。私と哲郎君の事がそんなに気になるの？」

「……べ、別に？」

「もう、ほんと不器用ね。さてと、私はそろそろ帰らせて貰《もら》おうかしら」

忘れ物をしていないかチェックしたけい先輩は俺の部屋を出て行った。

一気に静けさを取り戻《もど》した部屋。その中で、黙《だま》りに黙ってしまう俺と山野さん。

「……」

「……」

何とも言えない空気感に苦しむ。

間延びしたこの最悪とも言える空気を壊《こわ》そうと俺は聞く。

「けい先輩に煽《あお》られ、わざわざ雑炊《ぞうすい》を作って来てくれるとか、俺の事好き過ぎじゃないですか？」

「……そりゃ、まあ。あれだよ。間宮君とは仲良いからね」

答えは常に曖昧《あいまい》。

はっきりと答えて欲しいが、答えて貰えない。

だから勇気を出して行動に移せない。

まあ、俺も幾《いく》つもの意味を持ちそうな曖昧な答えを返すことが多いので、文句を言える立場ではないけどな。

「ちなみに、俺とけい先輩との間には何もありませんからね？」

「でもさあ。ああいう風に言われたら、ちょっと焦《あせ》っちゃうじゃん？　間宮君も私の近くにいる男の子があんな風に焚《た》き付けて来たら焦るでしょ？」

「まあ、それなりには。だって……」

だって、山野さんが好きですし。

そう言いたいのに、気が付けば口は違《ちが》う事をいつも言っている。

「だって、お隣さんとして仲良しなので」

「……私も今日はそんな感じでけい先輩《せんぱい》に対してムキになっちゃったよ」

＊

けい先輩の帰った後の部屋。

残った雑炊を二人で一緒《いっしょ》に食べている。

依然《いぜん》として、空気が重苦しく、なにか山野さんと話す話題が無いかと知恵《ちえ》を振《ふ》り絞《しぼ》る。

「あ、そう言えば。引っ越しが少し早まりました」

山野さんには冬前と伝えていた引っ越しが早まったことを告げる。

重い空気の中、重い話をする。

どうせしなければいけなかった重い空気になるような話。

こういう時に話してしまった方が気楽だ。

「そっか。寂《さび》しくなっちゃうね。にしても、間宮君との節約生活は色々とあったよ」

「はい、色々ありました」

俺の引っ越しという話題が広がりに広がって、今までの生活での出来事を互《たが》いに振り返るようにして話していく。

あれが楽しかった。あれは失敗だった。本当に色々とだ。

で、そんな話をしている内に、重苦しかった空気もそこそこ軽くなっていた。

「はあ～。間宮君のお部屋に入り浸《びた》れなくなるのか～」

「姉さんからは友達を家に呼んでも良いと言われてるので、そのうち呼びますよ」

「そっか。でも、やっぱりこのお部屋とのお別れは寂しいかも」

きょろきょろと俺の部屋を見渡《みわた》す山野さん。

そんな彼女はひょいとベッド下を覗《のぞ》き見た。

「こんな風に気軽にエッチなものを隠《かく》し持ってないかチェックできなくなるし」

「新しい部屋でも存分にチェックさせてあげますから」

「にしても、今の今までなんのエッチなものも出てこないとは驚《おどろ》きだよ」

「今時の男子は持ってる人はいませんって」

話にどんどん弾《はず》みがついて行く。

今度は俺の部屋にあるクッションを手にして悲壮《ひそう》感をわざとらしく漂《ただよ》わせる。

「このクッションとも、中々会えなくなるね……」

「あげましょうか？」

「ううん。新しい間宮君の部屋に置いといて。無いと間宮君のお部屋にいった時、お尻《しり》が痛くなっちゃうでしょ？」

どうやら、引っ越しても遊びに来てくれるらしい。

お隣《となり》さんじゃなくなった間宮君は用無しって切り捨てられないようで一安心だ。

「ところで、お姉さんと一緒に暮らすけど、間宮君的にはどうなの？　一緒に暮らしてたのは結構前なんでしょ？　気まずくならない？」

「あ〜、まあ平気だと思いますよ。やっぱり、腐《くさ》っても家族なので」

「困りごとがあったら何でも相談してよ？」

そう言われて俺は少し困っていたことを山野さんに訊《たず》ねた。

「家事は俺が全部やることになっているんですけど、姉さんの下着を俺が洗濯《せんたく》しても良いのかどうかわかりません」

切実な問題である。

家事をするのは俺の役目。姉さんに多大なる支援《しえん》を受けているのだから当たり前なのだが、姉さんの下着を普通《ふつう》に俺が洗濯をしてしまって良いのか良く分からない。

なにせ、姉弟《きょうだい》と言えど、プライバシーはある。

「確かに、それは悩《なや》むかも」

「そうなんですよ。姉さんに『下着は俺が洗っても？』とか言って、気を使わせて『じゃあ、これからは私が洗濯をしますね』と言われちゃうのが怖《こわ》いんですよ」

「あ〜、もし私に弟がいてそんなことを言われたら、じゃあ私がやるってなるね」

「たかだか下着のために姉さんに洗濯をやらせたくないです。一応、養われてる身なのでそこら辺は譲《ゆず》れません」

結構な社畜である姉さんに負担は掛《か》けたくない。

変な事を言って、洗濯を姉さんの仕事にしてしまいたくないのだ。

「あ、分かった。私がお洗濯をしに行く。そうすれば、お姉さんも下着類を間宮君に見られずに済むじゃん」

「確かにそうすれば……。って、出来るわけないですけどね。やっぱり、何も聞かずに洗濯して、言われたら言われたで、下着類の扱《あつか》いを変えるのが一番良いんでしょうか？」

「それが良いかもね。もし、お姉さんが間宮君に見られるのが嫌《いや》だって言うのなら、自分から言い出すだろうし。変に間宮君が下着の件を切り出せば、本当に間宮君の事を思って

『じゃあ、私が』ってなるかもしれない」

「分かりました。じゃあ、何か言われるまではしれっと何食わぬ顔で洗濯をこなしてみます。……で、何か言われたらそれに合わせる形で」

相談しようが、しなかろうが、結論はさほど変わらなかっただろう。

でも、相談することで安心感は得られたのでそれだけで価値がある。

「ところで、お姉さんの下着を触《さわ》るのに抵抗《ていこう》感は？」

「これまた、言いにくいところに突《つ》っ込んできましたね。まあ、あれです。普通に抵抗感はあると言えばあります。でも、姉弟、別に山野さんのじゃあるまいし」

普通にセクハラみたいな内容を口に出してしまい後悔《こうかい》する。

そんな後悔の気持ちが伝わったのか、山野さんがフォローを入れてくれた。

「大丈夫《だいじょうぶ》だよ。今のは仕方がないから。むしろ、間宮君が私の事をきちんと意識してる事を知れたしオッケーかな？　ほら、私の下着を抵抗感なく触れるとか、さすがに普通に女の子扱いされ無さすぎて腹立つし」

「まあ。あんまり気にしていないようなら話の続きを。山野さんの下着への抵抗感はよっぽどの事が無い限り、消えないと思うんです。でも、姉さんのは普通に姉弟なので何回かすれば別に抵抗感はなくなるんじゃないかなと」

「うんうん」

話は一区切り。

そして、凄《すご》く聞きたい事が一つある。

『山野さんは俺のパンツに抵抗感はあるのか無いのか』についてだ。

着た服を溜めてから、まとめて一気に洗うとすれば、着たい服が洗濯されておらず着られないことがある。

さらに、汚《よご》れた服をそのまま放置するのは少し嫌だ。

だからと言って、頻繁《ひんぱん》に洗濯機を回すのは水道代と電気代の無駄《むだ》。

そこで、二人分の洗濯物をまとめれば、ちょくちょく洗えるので、一緒に洗っている。

洗濯物の中には、俺のパンツもあるわけで、そのパンツに抵抗感を覚えているのかどうかが、少しだけ気になる。

「ちなみに私は、間宮君のパンツに抵抗感はあると言えばあるけど、嫌悪《けんお》するとかそういうのじゃないから安心してね。嫌なら、そもそも洗濯を一緒にしようなんて言わないし」

聞きたかったことを答えてくれる山野さん。

嫌悪するような抵抗感があれば、普通に一緒に洗濯物をまとめて洗おうだなんて発想になるわけが無いか。

とはいえ、抵抗感はあったらしいのでついつい聞いてしまう。

「どんな感じの抵抗感だったんですか？」

「そこ聞くの？　まあ、あれだね。家族以外の男の子のパンツだと思うと、嫌じゃないけど、ちょっと緊張《きんちょう》というか……って、間宮君！　乙女《おとめ》に何を言わせようとしてるのかな？　恥《は》ずかしいじゃん！」

「あ、すみません」

「分かれば良し。という訳で、辱《はずか》しめられそうになったし、仕返しだよ？」

立ち上がって、ベッドにダイブ。

で、体をベッドに預けた山野さんは俺に顔を向けて告げてくる。

「このお布団はまだ使うんでしょ？　こうして私の匂《にお》いを染み込ませておけば、嫌でも私の事を忘れないでしょ？」

「いえ、布団を干せてないって言ったら、姉さんが買い替《か》えましょうとか言ってたので、それは……」

「え～、そうなの？」

「にしても、ほんと山野さんと一緒に居ると楽しいです」

「うん、私も……。はあ、お引っ越しが嘘《うそ》だったら良いのにってまだ思っちゃうよ」

6章

顔合わせも済んだ生徒会。

初めての生徒会らしき仕事は文化祭関係。

二学期に入ってそれなりに経《た》ち、文化祭へ向けて皆《みな》が皆、色々とし始めているのが現状だ。

俺のクラスもすでに出し物が決まっていて、それの実現に動き始めている。

「今日は文化祭実行委員が学校側に提出した書類の精査だね。んじゃ、よろしく」

文化祭実行委員が提出した書類に不備が無いか調べる。

去年、曖昧《あいまい》な言い回しを使って、変な案を通そうとする輩《やから》が居たとの事だ。

今年は生徒の目から見ておかしな点が無いか調べてとの事らしい。

でも、その仕事はすぐに終わった。

気が付けば、生徒会室に残っているのは俺と山野《やまの》さんだけだ。

なんでかは簡単。

他の役員達は部活動もやっており、そっちに行ってしまっただけだ。

「んじゃ、書類を提出しに行こっか。あ、間宮《まみや》君。職員室に入ったことある？」

「ないです」

「おっけ〜。じゃあ、これから何かと入る機会があるかもだし。一応、職員室の入り方をレクチャーしてあげるから一緒《いっしょ》においで」

本来は二人で行く必要が無いのに二人して職員室へ。

山口先生に書類を渡《わた》し終えて、さあ、帰ろうっていうときだ。山口先生が口を開く。

「そう言えば、去年。山野さんのクラスではメイド喫茶《きっさ》をしてましたよね？」

「はい、してましたけど」

「実は私が担任のクラスでメイド喫茶をすることになりまして、去年使ったメイド服を参考にしたいので、貸して貰《もら》えませんか？」

「分かりました。今度持ってきますね」

ちょっとしたやり取りをした後、職員室を出る。

廊下《ろうか》を歩きながら、山野さんにちょっと聞きたい事を聞く。

「去年の文化祭はメイド喫茶だったんですね」

「そうだよ」

「山口先生の口ぶりからして、山野さんがメイド服を持ってそうでしたけど……」

「文化祭で使った後、友達が『お金に困ったらこれを使って稼《かせ》ぐんだよ？』とか言って私が貰うことになったんだよ」

「一人暮らしをしているとそういう風に良く弄《いじ》られるの分かります」

「でしょ？」

適当に話しながら帰り道を歩き、何事もなく帰宅した。

刻一刻と迫《せま》るお隣さんという関係の崩壊《ほうかい》。

何かと理由を付けて一緒に過ごしたいが、変に理由を付け、一緒に過ごそうと誘《さそ》うのは普通《ふつう》に相手からすると気持ち悪く見えるのだが、告白を成功させるためにも距離《きょり》を縮めておきたい訳で……。

複雑な葛藤《かっとう》を抱《いだ》きながら唸《うな》っていた時だった。

玄関《げんかん》前の映像なんて確認できない安物インターホンの音が部屋に鳴り響《ひび》く。

「はい、今開けます」

玄関を開けるとそこには……メイドさんが居た。

「どう？　着てみたんだけど」

「いや、その取り敢《あ》えず上がりますか？」

「うん、上がらせて貰う」

部屋に山野さんを招き入れる。

さて、今の状況《じょうきょう》を冷静に整理しよう。

部屋にメイド姿の山野さんが居る。以上だ。

ちなみにめっちゃ可愛い。白いエプロンのフリフリ、ヘッドドレスのフリフリ、スカートのフリフリ、フリフリが一杯《いっぱい》だ。

明らかに、いつもと違《ちが》った雰囲気《ふんいき》を醸《かも》し出され、ドキドキが止まらない。

「何で見せに来たんですか？　あ、分かりました。お金に困ったんですね……」

財布からお札を取り出して山野さんに渡す。

「そうそう、金欠で……間宮君から巻き上げようと……って、違うからね？」

返されるお札。

正直に言うと、別に返してくれなくても良かったんだが？

「じゃあ、何で？」

「間宮君が見たそうだったから。こういう風にいきなりメイド服で押しかけたら、びっくりするかな～って」

「正直に言うと、超《ちょう》びっくりしました」

「でしょ？　で、どうどう？」

じっくりとメイド姿を眺《なが》めた。

やや生地の光沢《こうたく》感が安っぽいが、逆になんと言うか、文化祭感が溢《あふ》れ、ガチさを感じさせず、微笑《ほほえ》ましく、落ち着きを感じさせる。

生地が薄《うす》い事もあり、なんかちょっと透《す》けていて、スカートの中が見えそう。

ヘッドドレスも安っぽいが、とても似合っている。

「……可愛いです」

「うんうん。その様子は本当にそう思ってくれてるみたいだね。まあ、本当になんちゃってメイド服。ちゃんとしたものに比べれば、クオリティが低いけどね」

メイド服の体裁《ていさい》は保てているが、保っているだけで実用性は無さそうなのが分かる。

「と言うか、山野さんはメイド服を着て恥《は》ずかしくないんですか？」

「んー、全然平気かな。さすがにこの格好で駅前を歩けって言われたら嫌《いや》だけど、別に文化祭だったり、間宮君に見せたり、するのは平気、平気」

漫画《まんが》やアニメだと、メイド服姿を見せるのを恥ずかしがるというのが鉄板ネタだったのも過去の話。

実際問題、それはコスプレという文化が浸透《しんとう》していなかったからこそ、特別感が強く羞《しゅう》恥《ち》心を煽《あお》られ、恥ずかしがっていたのに違いない。

意外と恥ずかしがる反応の方が、今では珍《めずら》しくなってきている。

もはや、メイド服文化は当たり前という訳だ……。

興奮を冷ますため、冷静になろうとどうでも良い事を考えているが、そんなのお構いなしで、振《ふ》るわれる痛恨《つうこん》の一撃《いちげき》。

「お帰りなさいませ、ご主人様！　えへへ？　言っちゃった」

「……」

言葉を失う。

普段《ふだん》ならしないような恰好《かっこう》で、それでいて普段とは違った口調なのだ。

もう、胸の高鳴りの収拾《しゅうしゅう》がつかない。

「あはは……、なんだか自分で言ったけど恥ずかしいね。にしても、久々に着たけど、耐《たい》久性《きゅう》がいまいちで、文化祭の時、何着か破れちゃったんだよね～」

恥ずかしさを紛《まぎ》らわせるため、体をわざと動かして耐久性を調べ始める。

体を準備体操のように大きく動かし始めて、ちょっと経った時だ。

ビリッと大きな音が響いた。

「……」

「あの、背中が丸見えに……」

破れた場所から見えるピンク色の紐《ひも》と綺麗《きれい》な背中。

普通なら、ブラが見えて嬉《うれ》しいはずだが、メイド服が破れたことへの悲しみが勝った。

いや、うん。破れちゃったかあ……残念だ。

「ちょっと待って？　間宮君。背中がおもいっきり破れてるということは紐、見えちゃってる？」

「はい。見えてます」

その言葉と同時にバッと俺のベッドから毛布を奪《うば》い去り、頭から被《かぶ》った。

「なんか、あれだよね。下着見せすぎじゃない？　というか、なんでそんな冷静なの？」

「いえ、ブラ見たことなんかよりもメイド服が破れてもったいないな～って気がしまして」

毛布の中から顔だけ出して恥ずかしさを誤魔化《ごまか》す山野さん。

うん、可愛い。

メイド服が破れて残念な気持ちだったけど、こういう風に恥ずかしがってるし、破れた服は破れた服で、乙《おつ》なものだ。

「まさか、本当に破れるとは思ってなかったのに……」

ほんと、あれだ。山野さんって期待を裏切らないよな。

＊

放課後の生徒会室。

「んじゃ、始めよっか。今日の生徒会活動は体育祭のお手伝いです。簡単に言うと、備品の確認と整理を行います」

メイド服が破れて恥ずかしがったのは過去の事。

生徒会長らしく、皆を引っ張る山野さん。

「あれれ？　去年まで体育祭実行委員の仕事だったじゃん。それ」

２年会計の三鷹早希《みたかさき》先輩《せんぱい》が言う。

彼女は、去年も山野さんと同じく生徒会役員。実情を良く知る人物である。

そのため、山野さんが指示したことが去年はしていなかったと指摘《してき》したわけだ。

「んー、山口先生曰《いわ》くなんだけど、今年の体育祭実行委員はちょっとね……」

「つまりはダメダメで信用ならないので、私達に備品の確認をと頼《たの》んで来たって感じ？」

バッサリと山野さんが濁《にご》した部分を言う三鷹先輩。

ほんと、怖《こわ》い物なしな先輩である。

「まあ、言いたくなかったけど、早希の言う通りそういうことだね。んじゃ、外の体育倉庫と室内の体育倉庫。あとは当日、来賓《らいひん》の方用の給水機とかを置いてある備品室。この3か所に分かれて行動よろしく」

「玲菜《れいな》ちゃんと私は中の体育倉庫にいきたいで〜す」

三鷹先輩がやや強引《ごういん》に、1年会計である神楽《かぐら》玲菜さんの手を引く。

手を引いたのは、神楽さんとまだ仲良くなれてないと嘆《なげ》いていたからに違いない。

「じゃあ、これ。チェックリスト」

「おっけー。ばいば〜い」

手を振って三鷹先輩と神楽さんは、中の体育倉庫、要するに体育館にある室内型の倉庫へと向かう。

「じゃ、俺は花田《はなだ》先輩と行きます」

サッカー部のエースこと八坂《やさか》は2年書記である花田光《ひかる》先輩と組むようだ。

結果、俺は山野さんと一緒に行動することに。

外の体育倉庫は暑いし埃《ほこり》っぽい。

俺と八坂がじゃんけんをして、備品室か外の体育倉庫のどちらに行くか決めた。

そして負けた俺。

少し埃っぽい外の体育倉庫で、俺と山野さんは備品を確認する事となった。

生徒会室を去ろうとする間際《まぎわ》、八坂は俺に小さな声で言う。

「チャンスを生かすも殺すもお前次第だ。ま、頑張《がんば》れな」

そう、何を隠《かく》そう八坂は気遣《きづか》いができるイケメン。

俺が山野さんに気がある事にいち早く気付き、陰《かげ》ながら応援《おうえん》してくれている。

たぶん、今回も花田先輩と行くといったのはそういう理由だろう。

本当に気《き》が利く男である。

*

外の体育倉庫へとやって来た俺と山野さん。

部活用ではなく、授業用のサッカーボールの空気が入っているか。

白線を引くためのラインカーが使えるかどうか。

綱引《つなひ》き用の綱にカビが生えていないか。

色々な物をチェックしていく。

「三鷹先輩が言ってた通り、この仕事って本当は体育祭実行委員の仕事なんですよね？」

「まあね。でも、仕方ないよ。毎年、毎年、きちんと責任感があって、最後まで成し遂《と》げられるような人が集まるわけじゃないんだし」

「っと、こっちには網《あみ》は無かったです。そっちにありますか？」

「あ、あったよ。今、出すね」

「代わります」

少し高い位置。代わりにと、棚《たな》からプラスチック製のコンテナボックスを取り出す。

その中には、紛れもなく障害物競走に使うような網が入っていた。

「広げてみよっか」

網を体育倉庫で少しばかり広げる。

……多少破れがあるものの、使えないというわけではなさそうだ。

「間宮君。間宮君。潜《くぐ》ってみる？」

「確かに障害物競走でもなければ、網なんてそうそう潜りませんよね」

「今なら、思う存分に潜れるよ。ささ、どうぞどうぞ」

「俺は良いですって。山野さんこそ潜れば良いんじゃないんですか？」

「んー、確かに。潜ってみよっと」

ひょいとノリで、網の下を潜る素振《そぶ》りを見せたかと思いきや、ハッと我に返った。

「危なかった。よくよく思えば、途中《とちゅう》でスカートが網に引っかかって間宮君にまたパンツを拝まれちゃうとこだった」

ふぅと一息を吐《つ》き安堵《あんど》する。

そう何を隠そう、おっちょこちょいの天才である。

別に網を潜ったところでスカートがめくれる確率は高くはないが、山野さんは期待通りな結果をもたらすことが多い。

「リスク管理を覚えたんですね。感動しました」

「そうそう。まあ、間宮君的には残念だろうけどね。さてと、網の点検も終わったし、入ってたコンテナに戻《もど》そっか」

広げた網を折りたたみコンテナに戻し、分かりやすい位置に置く。

随分《ずいぶん》と分かりにくい場所に仕舞《しま》われていたので、次に取り出しやすいようにだ。

「にしても、さすが外の体育倉庫。砂っぽいね。髪《かみ》の毛に砂埃が付いて最悪だよ。帰ったら、早めにお風呂《ふろ》に入ろ」

「俺もそうします。と言うか、こんなに砂っぽいとこなら制服で来るんじゃなかったと後《こう》悔《かい》してます」

「さてと、ちゃちゃっと終わらせて帰ろ？」

「えーっと次は……ハードル。これも障害物競走で使う奴《やつ》です」

二人でハードルを探す。

ちょっと奥の方にあったが、すぐに見つかり壊《こわ》れていないかチェックする。

この倉庫には体育の授業で使う備品が置かれており、人の出入りが頻繁《ひんぱん》。

過去にいたずらされて、壊れていたという事があり、チェックは大事だと山野さんから
さっき聞いたので、入念に調べる。

「障害物競走だと、跳ぶんじゃなくて、ハードルは潜るんですかね？」

「だろうね。障害物競走のルールだったら跳ぶよりも、潜る方が面白《おもしろ》いし、跳ぶのって意外と危ないからね。正しい置き方があって、逆に置いて跳んだら引っかかった時にうまく倒《たお》れなくて怪我《けが》しちゃうし」

「随分と詳《くわ》しいですね」

「今日の体育の授業で習った」

どうやら、タイムリーな話題らしい。

体育で習ったことを見せつけたいのか、片足だけ上げてハードルを跳ぶ素振り。

それはそれは綺麗なフォーム。

そして、今時の女子高生はベルトでスカートの丈《たけ》を短くまとめ上げている。

そのため、大きく足を上げれば見えてしまうのが常だ。

もう何が見えたか言うまでもない。

「間宮君。なんかエッチな目をしてるけど、どうしたの？」

「何でもないですよ。ただ、リスク管理出来ていないなあ……と感じてるだけです」

「ん？　どういうこと？」

意味が分からない。そんな顔をしながら、得意げに片足だけだが、ハードルを越《こ》える様子を見せてくれる山野さん。

そのたびにちらりちらりと見える水色のあれ。

眼福である。

ふと俺の目を見て、どこに視線が向いているのかを察する。

「あ……」

「気が付きました？」

「くぅ～、エッチな目の理由が分かったよ。でもさ、見えてるなら見えてるって教えてよ！　このむっつりさんめ！」

ちょっぴり怒《おこ》られた。

でも、冗談《じょうだん》。

すぐに怒る素振りを止《や》めてくれるのは知っている。

「すみません。どうか、お情けを……」

「え～、どうしよっかな～」

それからも、二人で語らいながら備品を確認していった……。

＊

「髪が砂まみれで気持ち悪い……」

グラウンド端《はし》にある砂が舞《ま》い込みやすい体育倉庫で動いた結果。

砂埃を被《かぶ》り、髪を撫《な》でればじゃりっと音がする。

「すぐにお風呂に入ったほうが良さそうですね」

「だね～。さてと、帰ろっか」

備品の確認を終えた俺と山野さんが体育倉庫から出ようとした時だ。

山野さんが慌《あわ》てるふりをして、こっちを見ながら言った。

「体育倉庫の扉《とびら》の鍵《かぎ》が閉められてる！　どうしよう。出れないよ？」

「嘘《うそ》を言わないでください」

「だって、よく漫画《まんが》とかじゃ閉じ込められた！　っていう展開が多いでしょ？」

そう、別に体育倉庫の扉の鍵は閉められてなどいない。

要するに山野さんのおふざけだ。

今、このシチュエーション。

確かに、閉じ込められてる！　って言いたくもなる。

「ちなみに、体育倉庫に閉じ込められるシチュエーションはどう思う？」

「無理があると思います」

「だよね～。というか、あのシチュエーションって、誰《だれ》が最初に考えついたんだろね」

そう言いながら、体育倉庫の扉の真ん前で慌てるふりをする山野さん。

「と、閉じ込められてる！」

「そ、そんなわけ……って、寸劇した方が良いですか？」

「ううん。しなくて良いよ。なんか、演じてるのが恥《は》ずかしくなってきたし」

「じゃ、今度こそ帰りましょっか」

普通《ふつう》に扉を開けて体育倉庫から出る。

……現実で体育倉庫に閉じ込められるなど、よほどの事が無ければ起きないのだ。

体育倉庫を出て、話しながら生徒会室に戻る。

「誰かと閉じ込められるシチュエーションだったら、誰と閉じ込められたい？」

「出来れば閉じ込められたくないです。でも、強《し》いて言うなら一緒《いっしょ》に居て気まずくない人が良いですね。だって、二人きりで閉じ込められたら何を話せば……ってなるので」

「はあ……そこはノリでも良いから、山野さんとならいくらでも閉じ込められたいです！　とか言うべきなんじゃない？」

大真面目《まじめ》に答え過ぎたらしい。

確かに俺の言った事は何の捻《ひね》りもなくて、ただただ真面目な答え。

怒られるのも仕方ない。

「そう言う、山野さんは？」

「私？　一緒に閉じ込められるのなら、間宮君が良い！」

言われると分かっていたが、それでも悶《もだ》えそうになる。

一緒に閉じ込められるのなら俺が良いとか、嘘だろうが嬉《うれ》しい。

「俺も山野さんとなら、いくら閉じ込められても平気です」

「ほほう。そりゃ、良かったよ。んじゃ、閉じ込められちゃう？」

とか話しても、別に俺達がどこかに閉じ込められるなんて事は起きないのだ。

＊

生徒会室に戻ると、すでに他の所に行った人も戻って来ていた。

そして、みんなからの報告をまとめて、簡単な報告書を作りあげ、山口先生に手渡《てわた》し、生徒会としての活動を終える。

他の役員たちと違《ちが》って、部活動に入っていないので、アパートへと帰る俺と山野さん。

「じゃあね。間宮君」

玄関《げんかん》前で別れて部屋へと入った。

真っ先に制服を脱《ぬ》いで俺はシャワーを浴びる。

何せ、体育倉庫の砂埃のせいで、髪の毛がじゃりじゃりなのだから。

「一緒に閉じ込められるかあ……もし起きたら関係が進展してたかもな」

何とも言えない山野さんとの距離《きょり》感。

それを縮めるためには、大きな転換《てんかん》点が必要だと感じているこの頃《ごろ》。

そんなことを考えながら、シャワーを浴び終えた。

すっかり、髪の毛も乾《かわ》いた頃だ。来客を知らせるチャイムが鳴った。

山野さんかな？　と玄関を開けた。

「さっきぶりだね。あのさ、シャワーを貸して貰《もら》えない？　お湯が出なくて……」

「給湯器が壊れたんですか？」

「そうみたい。いつまで待ってもシャワーの水がお湯にならなくてさ。さすがに水を浴びるのは、ちょっと風邪《かぜ》引いちゃいそうだし。間宮君ならシャワーを貸してくれるかなって。ほら、停電の時も湯船のお湯を使わせてくれたしさ」

「分かりました。どうぞ、使ってやってください」

シャワーを貸してあげることにし、部屋へ上がらせた。

すでにタオル、着替《きが》え等を手に持っているご様子、何の心配も無さそうである。

「じゃあ、借りちゃうね」

「はい。どうぞ。シャンプーとかご自由に。あ、お湯も張るなら張って良いですからね」

「お湯はさすがにいいや。あと、覗《のぞ》いても良いけど、その時は責任を取ってね？」

不敵な笑みを浮《う》かべる山野さんに俺は問う。

「ちなみにその責任の内容とは？」

「内緒《ないしょ》。覗いてからのお楽しみ。それじゃあ、お風呂に行ってくる！」

責任取って貰うからね？

怒るとか、殴《なぐ》るとか、絶交だとか、何が起きるのか内緒とか物凄《ものすご》くずるい。

「つく。分からん。山野さんが俺に抱《いだ》く好感度が良く分からん……」

悩《なや》みに悩む。

そもそも、殴るとか、絶交だとか、言われない時点で覗いても良いのでは？

そう思う俺と、冗談でからかわれているだけだと思う俺も居る。

臆《おく》するな。少し攻《せ》めなきゃ、いつまで経《た》ってもこのままだ。

「山野さん。そう言えば、シャンプーがなかったかもしれません」

覗きはしない。

が、覗かれてもおかしくない距離にまで、じりじりと詰《つ》め寄る。

『あ、確かになくなりそうかも。と言うか、間宮君。覗いてないよね？』

お風呂《ふろ》に繋《つな》がる扉越《ご》し、すこしくぐもった声。

ちなみにお風呂場に繋がる扉はきちんと曇《くも》りガラス。覗こうにも開けなければ覗けないのを山野さんは知っている。

「覗いてませんよ？」

『知ってる。扉を開けなければ、そっちからは見えないもん。あ、でも、私がこっちから見えないのを良い事にパンツとか見たり、持ってたりしないでよ？』

「見たり、持ってたりしませんって」

『それなら良し。あ、でも、間宮君がどうしてもって言うなら別に良いよ？　ただ、その時は責任取って貰うからね～』

殴る、怒る、蹴《け》る、絶交する、と言わない。

敢《あ》えて、責任を取ってと言うのは本当にずるくない？

本当にずる過ぎるんだが？

山野さんからしてみれば、俺を誑《たぶら》かすつもりは無いのだろうが、それでも責任という言葉を使うのってずるいし、ずる過ぎる。

「……じゃあ、これで」

『うん、お気遣《きづか》い。ありがと～』

自分で攻めて距離を縮めようとした。

責任を取ってね？　という意味深な言葉に、一方的に嬲《なぶ》られただけ。

「はあ……。ほんと、どうすれば良いんだか」

再び、玄関に備え付けられているインターホンが押される。

山野さんは俺の部屋にいるし、大方セールスマンだろう。

玄関の覗き穴《あな》で、セールスマンかどうかを確認すると、玄関先に居たのはまさかの姉さんであった。

「なんだ。姉さんか。って、あれ？　ヤバくない？」

そう、俺の部屋には……シャワーを浴びる女の子。

この状況《じょうきょう》を姉さんに見られても、怒られたり、叱《しか》られたりはしないだろう。

が、気まずいし、普通に恥ずかしいし、後ろめたさを覚える。

なので俺は姉さんに山野さんの事がバレないようにと行動に移した。

姉さんは俺の部屋の合鍵《あいかぎ》を所持しており、俺が居留守を使ったとしても、普通に部屋に入って来るに違いない。

なので、急いで、山野さんの靴《くつ》を手にしてお風呂場へ。

「山野さん。姉さんが俺の部屋にやって来たみたいです。だから、そのえーっと、誤解されないためにもうまくやり過ごしたいんですけど」

『そ、そうなの？　た、確かに部屋に女の子を連れ込んでるなんて知られたら大変だよね。わ、分かった。私はどうすれば良い？』

「靴を持ってきたので、タイミングを見計らって、出て行ってもらえませんか？」

『分かった』

それと同時だ。

玄関が開く音。

怪《あや》しまれないようにと、俺はお風呂場につながる脱衣《だつい》所から出る。

「居るなら玄関を開けて……っと、もしかしてお風呂に入っていましたか？」

「いや、トイレに入ってた」

「そうでしたか。なら、呼《よ》び鈴《りん》に応じられなくても仕方ないですね。お久しぶりです」

「久しぶり。今日はどうして俺の部屋に？」

「実は物件の契約《けいやく》に行ってました」

引っ越《こ》し先の物件を契約しに行って来た帰りらしい。

……ほんとうに、もうそろそろ今の関係が終わるんだな。

「そ、そうなんだ。今、お茶を用意する」

「はい、お願いします」

姉さんは普段俺が過ごしている部屋へ。

俺は山野さんが逃《に》げ出せるように手引きするため、脱衣所の前へ。

お茶を用意すると言っておいたので、すぐに戻《もど》らなくても怪しまれないはずだ。

脱衣所の扉《とびら》をそっと叩《たた》く。

「……今、出れますか？」

そろりと脱衣所の扉が開き、髪《かみ》の毛の拭《ふ》きが甘い山野さんが顔を出す。
声は出さずスマホの画面に文字を打った。
『うん、大丈夫《だいじょうぶ》』
スマホにはそう表示されていた。小さな声で俺はそれに返事をする。
「今のうちに出て行ってください」
コクリと頷《うなず》く山野さん。
そして、そろりと脱衣所から抜《ぬ》け出して玄関へと向かう。
その後ろ姿は何と言うか、凄《すさ》まじい。
焦《あせ》って十分に体を拭かなかったのだろう。
Tシャツが透《す》け、その下につけている水色のブラがうっすらと見えている。
はっきりと見えないのが、かえってエロさを引き立てている気がしてならない。
持っていた靴をそろりと履《は》いて、俺に軽く手を振《ふ》って山野さんはドアを開けた。
ガタン。
さすがに玄関を開ければ物音が出るに決まっている。
しかし、一瞬《いっしゅん》。
玄関を開けた後、ささっと山野さんは俺の部屋から出て行くのであった。

「ふぅ……」

「哲郎《てつろう》？　どうしたんですか？」

部屋の方から姉さんが話しかけてくる。

「いや、ちょっと玄関の鍵《かぎ》を閉めたっけか？　と確認しただけだ。姉さんは良く言うだろ？　一人暮らし、きちんと施錠《せじょう》はしておけって」

「確かにそうですよ。施錠は大事です。まあ、哲郎は男の子ですから、まだマシですけど、女の子は本当に一人暮らしで施錠をしないのは怖《こわ》すぎるんですよ？」

こうして、別に隠《かく》す必要があったかと言えば無かっただろうが、山野さんの事を、姉さんに知られる事はないのであった。

さて、姉さんのためにお茶を用意するか。

様子からして、かなり濡《ぬ》れたまま山野さんを帰してしまった。

はあ……。後で、お詫《わ》びをしないとな。

「っと、姉さん。で、話の続きは？」

「家賃補助を最大限に使って、今度のお部屋は何と3ＬＤＫです」

「それでも、今の俺と姉さんの住んで居る家賃を合計した金額よりも……」

「もちろん安いです」

具体的に新しい引っ越し先の話を姉さんとするのであった。

＊

「ふぅ……」

姉さんは、引っ越し先の部屋の話や世間話をし終えると、早々に帰って行った。

部屋が静けさを取り戻し始めた中、俺はお隣《となり》さんに電話を掛《か》ける。

『あ、間宮君。お姉さんにはバレなかった？』

先に謝ろうと思っていたが、先手を取られ、俺の事を心配して来る。

実際問題、姉さんは色恋《いろこい》に理解がある方だし、みっちゃんからすでに俺に想《おも》い人が居るだとか色々と知らされている。

普通《ふつう》に山野さんと出会ってしまっても問題は起きなかっただろう。

だが、一人暮らしで羽目を外すという行為《こうい》。

普通に親や家族からしてみれば心配事であり、女の子を部屋に連れ込むのは、一人暮らしの根幹すら揺《ゆ》るがす可能性だって普通にあり得るのだ。

「バレてませんから安心してください」

『それなら良かったよ』

『何だかんだで、親に仲良くしてる子の事を知られて握《にぎ》られるのは気まずいだろうし』

「ま、まあそうですね」

『あ。後で、またシャワーを借りに行って良い？　髪の毛を丁寧《ていねい》に洗いたいし』

「もちろんです。というよりも、さっきは、ほとんど体や髪の毛を拭いていない状態で帰らせて、本当にすみませんでした。寒気とかは大丈夫ですか？」

『今のとこは大丈夫だよ。まあ、あれだね。もし、風邪《かぜ》引いたら看病をよろしく。じゃ、今から行くね』

　お風呂を借りに今から俺の部屋に来るとの事。

　電話を切ってから数分も経たないうちにやって来た。

「じゃあ、シャワーを借りるね～」

　再び、俺の部屋に備え付けられているお風呂場を使い始めて、あっという間に綺麗《きれい》さっぱりになって俺の前に姿を現す。

「何度もごめんね」

「いえいえ、それよりも本当に寒気とかは大丈夫ですか？」

「今のところは全然平気だよ」

平気そうに見えるが、体調不良は少し後からやって来ることが多い。

なので、俺的にはまだまだ心配だ。

「あ、そう言えば山野さん。何か薬が必要になったら言ってください」

「え、お薬って高いし良いよ。そこまでしてくれなくても」

申し出に困惑《こんわく》気味に答えた山野さん。

確かに薬は高いし、他人に買って貰《もら》うのは気が引ける。

でも、何だかんだで、俺の部屋には一通りの薬が揃《そろ》っているのだ。

「姉さんが、一人暮らしを始める時に色々とくれたんですよ」

棚《たな》から救急箱を取り出す。それを開けて中をみせた。

「指を切った時、消毒液が出てきたのもこういう救急箱があったからなんだね」

「はい、こんな感じで姉さんが一通りくれたので必要になったら言ってください」

「んー、それでも申し訳ないかな。だって、間宮君のために、お姉さんが買ってくれたものだし、それを使うのはちょっとね。間宮君用に買ったお薬を私が使うと、結局はお姉さんがまた買う訳で、やっぱり間接的に間宮家に負担が掛かるわけじゃん？」

やんわりと断られてしまう。

お詫びをしようという考えのあまり過ぎた事を言ったようだ。

「でも、困ったら言ってください。一応、第一類の薬もあるので」

「あ、それは大助かりかも。一類は薬局に行かないと買えないからね……。うん、どうしてもお薬がすぐに欲しい時には、お金を払《はら》って買わせて貰うね」

お詫びのつもりで色々と申し出たが、お詫びとして機能しているとは思えない。

何かいいお詫びは無いのだろうか？　と考えていると、姉さんが、秋という季節の変わり目だという事で、軽く話してくれた他愛のない話を思い出す。

セルフメディケーションという話だ。

常日頃《つねひごろ》、健康に過ごすために、生活習慣を見直したり、薬の知識を身に付けたり、食生活から健康へアプローチしたり、色々とすることで、病院に通わずとも健康を維持《いじ》する概念《がいねん》だそうだ。

まあ、姉さんから聞いただけで詳《くわ》しくは良く分からないが、真似事《まねごと》くらいは出来る。

「風邪《かぜ》を引かないためにも、今日は温まる料理をご馳走《ちそう》しますね」

体が冷えれば、風邪を引きやすい。

なので、風邪を引かないためにも、体の温まる食事をご馳走しようという訳だ。

まあ……、これをセルフメディケーションと言えるかは不明だ。

「そこまでしなくて良いよ？　だって、シャワーを貸して貰ってる身だしさ。むしろ、私の方が間宮君に何かをしてあげるべきじゃない？」

「そうですけど、ほら、その……」

「ん？　どうしたの、なんか含《ふく》みがある感じだけど」

言いかけた内容は『ブラが透けてるのを見せて貰い、目の保養になったので』だ。

口に出したとしても多少怒《おこ》られる程度で済むくらいは分かっているが、セクハラになるので言わないでおこう。

「別に何もありませんよ？　というか、やっぱりあの濡れたままで帰らせたのは本当に申し訳ないので、温かいものをご馳走させてください」

「じゃあ、お鍋《なべ》しよっか。最近、昼は暑いくらいだけど、夜は冷えて来てるからね……。美味《おい》しそうな鍋つゆの素《もと》って大抵《たいてい》3、4人前でしょ？　買ったはいいんだけど、1人で使うのか～と思うと中々手が出せなくてね」

結局、ご馳走する形ではないが、言い争っても良い事は無い。

鍋つゆは山野さん。食材は俺だ。

二人して、お鍋を食べる準備をして行く。

「そうそう、お鍋と言えば間宮君には私の実家がやってる旅館のお鍋を食べさせてあげたいよ。ほんと、良いお野菜を使ってるからね。特にねぎが超《ちよう》絶品なんだよ？　結構希少な品種を仕入れてるんだって」

　この前教えて貰ったが、山野さんの実家は温泉旅館。

料理にも力を入れており、美味しい野菜を仕入れて、美味しい料理を提供しているとの事だ。加えて、結構貴重な品種のネギか……だが、ネギに関して俺はうるさい。

「実はネギにはうるさいんですよ？　ほら、専売してる野菜があるって、停電の日に話しましたよね？　ネギも希少な品種を専売してるんですよ」

「へ～、凄《すご》いね。んじゃ、今度食べさせて欲しいかも」

「あ～、生産性がかなり低くて、うちで作ってるのに、うちの食卓《しょくたく》にすら並ばないんですよ……。傷物ですら普通に売れちゃうんです」

　作っているネギとか、本当に滅多《めった》に食卓に出ないんだよな……美味しいのに。

「それじゃあ、ちょっと儲《もう》かっちゃってる感じ？」

「はい、基本的に農家って儲からないのに、俺が一人暮らし出来るという事はそういう事です。まあ、設備投資に使った借金もまだまだあるらしいんですけどね……」

「っと、生々しくなってきたしこの話は止《や》めよっか」

「そうですね。止めましょうか」

7章

二人で鍋《なべ》を楽しんだ次の日の朝。

たまたま、山野《やまの》さんと出くわすとズズッと洟《はな》をすすっていた。

「大丈夫《だいじょうぶ》ですか？」

「ちょっとダメ……。でも、学校に行けるくらいの元気はまだある。明日《あした》は休みだし、今日は何とか乗り切ってみせる」

乗り切ってみせると言ってはいるものの、覇気《はき》は無く弱り切っている。

お鍋を食べていた時は、全然と言って良い程、体調不良を匂《にお》わせてはいなかったのに。

「ほんとすみませんでした。濡《ぬ》れたまま、帰らせたせいですよね？」

「気にしないで良いからね。それに濡れてたのなんてほんの5分程度だし、このくらいで風邪《かぜ》を引くって事は、もともと具合が悪くなりかけてたんだと思う。ま、このくらいならすぐ治るでしょ」

取り敢《あ》えず、今のところは寝込《ねこ》む程ではない風邪。

弱る山野さんに俺が出来ることなど無く、何も出来ずに、学校に着くや否《いな》や、それぞれの教室へ行くために分かれた。

学校の校門前で分かれたのも束《つか》の間、気が付けば放課後だ。

今日は生徒会の仕事は無く、普通に帰宅しようとした時だった。

携帯《けいたい》に同じ生徒会メンバーである、２年会計の三鷹早希先輩《みたかさきせんぱい》からメッセージが届く。

『なんか、やまのんの具合が良くないから送ってあげて！　間宮《まみや》くんの家ってやまのんのご近所なんでしょ？　という訳で、教室で待ってるから！』

頼《たの》まれてしまったものは仕方がない。山野さんのクラスに向かう。

すると、突《つ》っ伏《ぷ》してうなだれている山野さんが居た。

「お、間宮くん。来てくれたんだ。こんな感じで、ぐでーっとしちゃってるから、連れて帰ってあげて？　ま、一人でも歩けるだろうけどね。私はこれから部活だから、送ってってあげられないんだよ……」

三鷹先輩は部活動があるから、送ってあげられない。

ゆえ、山野さんの近所に住んでいて、部活に入っていない俺に声を掛けたという訳だ。

「分かりました。送っていきます」

「頼んだ。じゃ、私は部活に行く！」

そそくさと、この場から去って行く三鷹先輩。

それを見た後、俺は突っ伏す山野さんを少しゆすった。

「大丈夫ですか?」

「突っ伏してた方が楽だから突っ伏してるだけで、別に一人でも帰れると思うんだけどね。早希が誰《だれ》かに送って貰《もら》えってうるさくて」

声を聞いた感じは、まだ平気そうだが、顔は真っ赤だ。

顔にこの赤みを帯びた人を、一人で歩かせるのは少し危ないな。

「帰りましょっか。突っ伏してるよりも家で安静にしてた方が、良いに決まってますし」

「だね……」

おぼつかない足取りで立ち上がる山野さんと一緒《いっしょ》に学校を出てアパートへ向かって歩き出す。

はあ……、濡れたまま帰らせた俺を殴《なぐ》ってやりたい。

山野さんが居るのがバレたとしても、姉さんは『ふしだらですね』とか言わない上に『きちんと、節度を守るんですよ』と言って済ませてくれたに決まっているのだから。

申し訳なさを感じながら歩くこと数分。

ふらふらとした足取りで、少し危なっかしかったが、なんとか無事に辿《たど》り着いた。

「間宮君。ありがとね。送ってくれて」

「いえいえ。薬とかはありますか？」

「ない……。買いに行くのが面倒《めんどう》だから間宮君が持ってるお薬を買っても大丈夫？」

「もちろんです。先に部屋に入っててください。持っていきます」

お金は要《い》らないと言いたいところだったが、昨日きっぱりと断られている。

元気になったら、ちゃんと貰うとしよう。

「部屋の鍵《かぎ》は開けとくから、適当に入って置いといて……」

俺は自分の部屋の薬箱から風邪薬を取り出し、山野さんの部屋へと向かう。

鍵は開いたまま、適当に入ってと言われているので、チャイムを鳴らさずに部屋へ。

「お待たせしました。どうぞ、使ってください」

「お金は後で払うから」

「あと、熱が辛《つら》かったらこれもどうぞ」

おでこに貼《は》るひんやりシートも救急箱にあったので渡《わた》す。

で、気を利《き》かせ、台所に行き薬を飲むための水を用意した。

「本当に間宮君って気が利く……。お水まで用意してくれるなんてさ。さてと、風邪が移らないうちに帰った、帰った……」

弱々しくなりながらも相手を気遣《きづか》う山野さんこそ良く気が利く人だ。

部屋を出て行く前に俺はこう言い残す。

「心配なのでまた見に来ます」

一人暮らしでの風邪、本当に寂《さび》しいというか、気が滅入《めい》りがちになる。

4月。俺も風邪を引いたが、あの時は本当にしんどかった。

看病してくれる人が居ない寂しさは凄《すさ》まじいもの。

何度かは様子を、見に行くべきなのは当たり前だ。

「ありがと……さっきみたく鍵は開けておくね……と言いたいとこだけど、泥棒《どろぼう》に寝込みを襲《おそ》われるかもしれないし、鍵を渡すから勝手に入って来て？　ほら、インターホンを鳴らされてもうなされてて出られないかもだし。あそこの棚《たな》に合鍵が入ってる……」

「なんだかんだで、鍵は閉めておかないと不味《まず》いですしね。その方が良いかも知れません。今のご時世、何があるか分かりませんし」

＊

山野さんが寝込んで数時間後。

受け取っておいた鍵を使い、病人の居る部屋にこれ以上ないというほど静かに入る。

寝ている時に起こしてしまうのは申し訳ない。

起こさないようにと、なるべく足音を立てずに歩く。

廊下《ろうか》のドアをゆっくりと開けて、ドアの先にあるベッドの方に目を向ける。

すると、ベッドの上で体を拭《ふ》く山野さん。

急いで視界に入らないように背を向けた際、結構な物音がして、気付かれた。

「……見えた？」

やや震《ふる》えた声で聞かれる。

今回のは今までのラッキーとは話が違《ちが》う。

上半身は一糸まとわぬ裸《はだか》。要するに何も着けていない。

「背中だけで、前は見えてないので安心してください」

「ふーん。まあ、真偽《しんぎ》はどっちでもいいや。でも、間宮君。お詫《わ》びしたい気持ちがあるなら、けい先輩から貰《もら》ったリンゴの皮を剥《む》いてってね？　あと、もう着たからこっち向いても良いよ？」

「その怒《おこ》らないんですか？」

見えてないと俺は言ったが、相手からしてみれば証拠《しょうこ》がない。

今までとは違い、より踏《ふ》み込まなければ見えない場所を見られれば、怒《いか》りを向けられてもおかしくは無い。

恐《おそ》る恐る山野さんに怒らないのか聞くと、

「しょうがないじゃん。間宮君はチャイムを鳴らすと起こしちゃうかも……って考えて鳴らさず、足音も立てないようにと部屋に入ってきたんでしょ？」

「は、はい」

「だったら、怒ったら変だよ？」

仕方ないなあという感じを含《ふく》んだ笑み。

熱も無いのに、かあっと熱くなってきた俺に、山野さんはトドメを刺《さ》す。

「あ、もちろん。怒らないのは間宮君だからっていうのも理由の一つだからね？」

さらに体が熱くなる。

異性として好きだから別に見られても良い。

はたまた、仲が良くて距離《きょり》感が近しいから見られたとしても仕方がない。

真偽どちらか分からなくとも、言える事が一つある。

「理由がきちんとあれば許してくれる山野さんの事、俺は好きですよ？」

「うん、私もだよ」

山野さんの言葉と同じく、異性に向ける言葉とも、はたまた、仲が良い親しい人に向けた言葉とも取れる俺の発言。

はっきりと異性として好きだと言えないのはどうしようもなく臆病《おくびょう》な証拠。

でもさ、さすがに風邪を引いて弱っている人に、このタイミングで色々と告げてしまうのはダメに決まっていることくらい俺にだって分かる。

「さてと、リンゴを剝くために包丁を借ります」

「うん、お願い」

「っと、体調はどうですか？　さっきよりは良くなったように見えますけど」

リンゴの皮を剝きながら、体調を心配する。

明らかに帰って来た時よりも、元気に話していたので良くなっていそうである。

「うん、薬が効いてかなり良くなったよ。さてと、リンゴはまだかな、なんてね？」

催促《さいそく》して来た山野さんの口へ切ったリンゴを咥《くわ》えさせる。

シャクシャクといい音をさせながら、リンゴを食べていく。

「あ、けい先輩から貰ったリンゴ以外に、何か食べられますか？」

「少しだけなら食べれるけど、たくさんは無理だろうね」

「分かりました。この前雑炊《ぞうすい》を作って貰ったので、今度はこっちが作ります。おかゆと雑炊、どっちが良いですか？」

「雑炊で良いよ。おかゆだと時間が掛《か》かっちゃうだろうし。ご飯は冷凍庫《れいとうこ》にあるから使っちゃって。あと、長居させるのも悪いから無理して看病しなくて良いよ？」

「無理してません。それじゃあ、雑炊を作っちゃいますね」

時間は少し早い気もするが、雑炊を作る。

別段、難しい料理という訳でもなくあっという間に雑炊を完成させた。

「お待たせしました」

「ありがと……」

ちょっとけだるそうに、寝《ね》てたベッドから体を起こし抜《ぬ》け出す。

机の前に座り、俺の作った雑炊を食べ始めた。

「結構、多めに作ったので食べきれなかったら残してください」

少しだけなら食べられると言っていたが、冷凍ご飯の塊《かたまり》が割と大きかった。少量残すのもあれなので、全部使いきった結果、それなりに量が多くなったという訳だ。

「ふーふー」

スプーンで雑炊を掬《すく》って、やけどしない程度に冷ましながら食べているのを見ているだけで、何となくほっこりとした気分。

いつもと違って、やや弱っていそうな感じが可愛いというか親心（？）をくすぐり、ま

た違った感情を抱《いだ》く。

「間宮君。見過ぎだよ？」

「すみません。風邪を引いていても美味《おい》しそうに食べるんだなと思いまして」

「間宮君は弱っている時に人に優しくされるとさ、いつもより嬉《うれ》しく感じたり、安心したりしない？」

「確かにしますね。さてと、これ以上ここに居ると、山野さんと、色々お話ししちゃいそうなので帰ります」

具合が悪いというのに、しっかり会話に付き合ってくれる。

このまま居座ったら、体調の回復に邪魔《じゃま》でしかないので、この場を去ることにした。

「あはは、うん……。ありがと。実はさ、引っ越《こ》してから体調崩《くず》すのって初めてだったんだよね。こういう風に心配してくれる人が居てくれるおかげで、ぐっすりと安心して眠《ねむ》れるよ……」

「じゃあ、本当にこれで」

立ち上がると同時に話しかけられる。

「こういう風に出来るのも後ちょっとか～。寂しいよ」

「まったくです。もっと、山野さんとのお隣《となり》生活は続くと思ってました」

「私も……。はあ……。お別れかあ……」

俺と山野さんが同じアパートという一つ屋根の下で暮らすのもあと少し。

もっと、一緒に過ごしたかった。

暗い気分で俺は山野さんの部屋を出て行くのだった。

＊

山野さんの体調を心配しながら迎《むか》えた次の日。今日は学校が休みだ。

そんな休みの日に、最初にすることは決まっていた。

「様子を見に行くか」

山野さんの様子を見に行くことだ。

体を拭いているところに出くわしてしまうハプニングが起きないように、今回はしっかりとインターホンを使う。

寝ているのに起こしてしまうと悪いので、隣からそれなりに物音が聞こえてきたのをしっかりと確認済みだ。

「ふふ、心配で見に来たのね」

山野さんが対応してくれると思いきや、出てきたのはけい先輩《せんぱい》であった。

なるほど、それなりに大きな物音がしたのはけい先輩がやって来て、多少ドタバタとしていたからだな。

「はい、そんなとこです。けい先輩こそ、お見舞《みま》いですか？」

「やまのんが具合を悪くしたと早希から聞いてね。それで、もしあれだったら、お見舞いに行ってあげてと頼《たの》まれたの。あの子、一人暮らしで今まで一度も体調を崩したことが無いから心細いだろうしと言われてね」

昨日も俺に送って行ってと頼み、けい先輩にまでも、山野さんのフォローを頼んだあたり、三鷹先輩の人の良さが良く分かる。

「じゃあ、俺のお見舞いは必要なさそうですね」

「十分にあると思うわよ？　来たのなら、ちゃんと顔だけは見せてあげなさい」

けい先輩は俺が山野さんに好意を抱いていることを出会った時から知っている。

だからこそ、学校では変に目立たないようにとか、色々と注意をしてくれたり、後押しをしてくれたりするのだろう。

「分かりました。少しだけ失礼します」

「まあ、あなたが顔見せる必要が無いくらい、だいぶ良くなってるけどもね」

ちょっぴり苦笑いを浮《う》かべて俺を部屋の中へと入れてくれるけい先輩。

「あ、間宮君。だいぶ良くなったよ～」

本当に良くなっていた。

顔色も昨日に比べれば良いし、声の張りが全然違う。

何よりも、けい先輩が作って持ってきたであろうタッパーに詰《つ》まったおかゆをモリモリ食べた形跡《けいせき》がある。

けい先輩が苦笑いを浮かべるのも頷《うなず》けるな。

「良かったです」

そう言いながら、少しばかり山野さんとの距離《きょり》を詰めようとした時であった。

「すとっぷ！」

山野さんから待ったが掛かった。

一体、何がどうしてなのか分からず呆気《あっけ》にとられると、けい先輩がくすくすと笑いながら訳を説明し始める。

「今さら気にすることなのかしら？　たかが1日お風呂《ふろ》に入っていないだけでそこまで臭《にお》う訳が無いじゃないの。それに、夏休みの間、頻繁《ひんぱん》にお部屋を行き来していたのでしょう？　あの時の方がきっと汗臭《あせくさ》かったんじゃない？」

「お風呂に入っていないと臭いが気になりますもんね。じゃあ、この位置からで」

やや離《はな》れた場所に立ち止まり俺達は会話を続ける。

「なんか、そう言われると臭いを過剰《かじょう》に気にしてる私が、おかしいみたいで逆に恥《は》ずかしいから、もっと近くに座って？　っと、取り敢《あ》えず、間宮君。心配かけてごめんね？　かなり良くなってもう元気、元気」

虚勢《きょせい》ではなく本当に元気そうで何よりだ。

「それは良かったです。あと、臭いが気になるなら後でお風呂を使いに来てください」

依然《いぜん》として給湯器が壊《こわ》れたまま。

風邪を引いたせいで、連絡《れんらく》すら出来ていないのは知っているからな。

「遠慮《えんりょ》なく使わせて貰《もら》うね。あ、けい先輩。ただ単に私のお部屋の給湯器が壊れてるだけだからね？　何も、ガス代が惜《お》しくて間宮君の部屋のを使うわけじゃないよ？」

「そんなどうでも良い補足は要《い》らないわよ。それにしても、本当に二人は仲良しなのね」

「はい、仲良しですよ？」

「まあね」

そんな山野さんと俺を見たけい先輩は大きなため息を吐《つ》く。

「はあ……。あなた達、そこまで仲良しでいたいのなら付き合えば良いじゃない」

そんな言葉に条件反射的に答えてしまう。

「そんな軽い感じで付き合うのはダメだと思うんですけど」

あくまでお隣同士だというスタンスである今、関係を飛躍《ひやく》させるような良い機会であったというのに逃《に》げてしまう。

生徒会選挙が終わって、1か月以内に告白という決心をし、その期限も迫《せま》りつつある今、けい先輩の話に乗っかった方が良いというのに。

「うんうん。間宮君の言う通り、そんな軽く付き合えるわけが無いんだよ。けい先輩。あくまで、間宮君とはお隣同士なだけで……」

俺に追従する山野さんの発言を聞いて、より一層心配になる。

告白が成功しないいんじゃないかと。

でも、友達以上を望むのなら、絶対に転換《てんかん》点は必要だ。

告白されたからといって、今までの関係が壊れたとしても、修復不可能という訳じゃないはずだしな。

異性として見て貰えないのなら、異性として見て貰えるように頑張《がんば》るしかない。

どうせ、お隣生活は終わるんだ。相手の部屋に踏《ふ》み込むことは無くなるんだし。

「まったく、ほんとおバカさん達で困ったものね。逃げ癖《ぐせ》が付きすぎよ。なにかと理由を付けて逃げてなにがしたいの？　いい加減、お互《たが》いに好きだと認めちゃいなさいな」

けい先輩の発言に乗っかる。

それすなわち普通《ふつう》に山野さんに好意があると伝えるようなもの。

話に乗れば、好意に気づかれ、関係が壊れて行くかも知れないがもう逃げない。

「確かにそうかもしれません」

「え？」

ちょっと驚《おどろ》いた山野さんを見た。これで、多少は意識して貰えたら嬉しい所だ。

「ふふ、やっと認めたのね？」

けい先輩はどこか嬉《うれ》し気にそう呟《つぶや》くのだった。

＊

けい先輩もつい先ほど帰って行った。

山野さんは病《や》み上がり、長々と話をさせるのはあれだ。帰るか。

「そろそろ帰りますね。お風呂は使いたい時に来てくれれば、いつでも大丈夫ですから」

「え〜、もう帰っちゃうの？　結構元気になったし、もう少し話し相手になってくれても良いじゃん」

「あー、分かりました。じゃあ、もう少しだけ。あ、そう言えば、これ返します」

インターホンを鳴らしても、出れないかもだし、適当に入って良いからと渡《わた》された、山野さんの部屋の合鍵《あいかぎ》を返す。

「間宮君にあげる」

「……え？」

「うそうそ。さすがに恋人《こいびと》でもないのに、鍵はあげないよ？　まあ、欲しかったら、私の恋人にでもなってみせるんだね！」

「ったく、もう元気になっちゃって……」

調子が良さそうにからかわれた。

そんな元気になった山野さんに俺も反抗《はんこう》しようではないか。

「実は、鍵屋さんで複製してきたので、返しても返さなくても変わらないんですけどね」

「ストーカー行為《こうい》は犯罪だよ？　通報しなきゃ……。あ、携帯《けいたい》取って」

俺の方にあった携帯電話を手渡《てわた》した。

すると、わざとらしく携帯の電話画面を見せつけて言って来た。

「通報されたくなければ、リンゴを私のために剝《む》くこと。良い？」

「はいはい。分かりました」

台所で包丁とリンゴを取り出して皮を剝く。

まったく、リンゴが食べたいから俺に皮を剝かせるとか、とんだ甘《あま》えん坊《ぼう》だ。

「んしょっと。トイレっと」

皮を剝いている間に、山野さんがトイレに行った。

リンゴの皮を剝き終わり、机の上にお皿を置くと、机の上には画面が点いたままの携帯がある事に気が付いてしまう。

「これは見ろと言っているのでは？」

いやいや、盗《ぬす》み見は犯罪だと葛藤《かっとう》する。

……結局、抗《あらが》えずに普通に山野さんの携帯を盗み見てしまう。

「手始めにブラウザを……」

どんなことを調べているのか気になり、ブラウザを開く。

ブラウザとはウェブページを見るためのアプリみたいなものだ。

「げほっ、げほっ」

開いた瞬間《しゅんかん》に咳《せ》き込む。

開かれていたウェブページ、それはよく山野さんが着ている謎《なぞ》の食べ物柄《がら》Tシャツを売っている通販《つうはん》サイトだった。

こ、こんな風にして買ってたとは驚きである。盗み見はこれくらいにしておくか……。

とか、思って携帯を元の位置に戻《もど》した。

すると、ちょうどよく山野さんがおトイレから帰還《きかん》する。

「ふぅ……。さてと、リンゴ、リンゴっと」

机の前に座り、リンゴを食べ始めた。相変わらず、美味《おい》しそうに食べているな～とか思いながら眺《なが》めていると、口元にリンゴが押し付けられたので、齧《かじ》った。

「どうして、俺に？」

「なんか、欲しそうな目で見てた気がするから？　さてと、間宮君がお風呂をいつでも貸してくれるって言ってたし、今から借りに行っても良い？」

「良いですよ」

山野さんSide

間宮君の部屋のシャワーで体を綺麗《きれい》にしながら私は興奮を冷ます。

「あー、もうやだ……。優しすぎて、また具合が悪くなりそうだよ」

看病してくれた。

もう、それだけでお腹がいっぱいで苦しい。

「でもさ～」

看病してくれたのは、お隣《となり》同士だから。

この関係の終わりが近く、そろそろ本当に終わりを迎《むか》えようとしているのだ。

お隣同士という関係以外にも、学校で話すようになったので、取り敢えずはまだまだ間宮君とは仲良く出来るはず。

でも、それでもお隣同士でなくなるのが嫌《いや》な私が居る。

「楽しいんだもん……」

間宮君から返された合鍵。

あの時、本当にあげちゃおうかと思っていたのは内緒《ないしょ》である。

合鍵をあげて、間宮君にこの部屋にいつでも来て貰いたい。

そんなのは恋人でもなければ許される行為ではなく、おかしな話だ。

一緒《いっしょ》に過ごしたい気持ちが抑《おさ》えきれないからこそ、本当にしてしまいそうだった。

「けい先輩《せんぱい》の、お似合いね？　的な話に同意しちゃうとか、ドキドキしちゃった……」

抑えきれない独り言。

だって、けい先輩に『お互いに好きだと認めちゃいなさいな』と言われて、『そうかもしれません』だなんて、もう凄《すご》くドキドキしちゃったんだもん……。

そして、私は覚悟《かくご》した。

「間宮君に告白しよ」

お隣同士でなくなる前に告白する。

恋人になれば、間宮君に鍵を渡して、今みたいにイチャイチャできるのだ。

確かに振《ふ》られるのは怖《こわ》い。

だからといって、逃げるのはもう止《や》めよう。

「絶対に間宮君は逃がさない」

良い人だと分かっている。

もし振られても、何だかんだ絶交とかそういうのはあり得ないだろう。

それに付け込んで、何度も何度も告白してやる！

決意を胸にシャワーを浴び続けた。

＊

で、そんな決意をしたのは三日前。

私はというと、ベッドの上でうなだれている。

「こ、告白しなきゃ」

未《いま》だに間宮君に告白できていない。

ほんと、馬鹿《ばか》だよ……。うん、私ってほんと馬鹿。

「間宮君が引っ越《こ》すまで本当にあと少し。それまでに告白するって決めたのに……」

今日、絶対告白する。

でも、気が付けば次の日になっていた。

「はあ……」

ため息を吐《つ》く。今日こそは、今日こそはと、告白する時に言う言葉を、何度も何度も繰《く》り返して成功するように気合を入れる。

よし、これから間宮君のお部屋に行って、告白しよう。そう思っていた時だった。

タイミング悪く、携帯にお母さんから電話が掛《か》かって来る。

『もしもし？　お母さん、どうしたの？』

話された内容……。

それは、衝撃《しょうげき》的なもの。

田舎《いなか》の人はどうして、こうも簡単に物事を決めてしまうんだという内容だった。

そう、私も間宮君と同じく、なぜか引っ越す事になったのだ。

近くに保護者が居ないのを心配していたお母さん。

しかし、どうも私の今住んでいる場所から近い所に、この前再会したアルバイトで夏休みにうちの旅館にやって来ていた——さんが引っ越すらしい。で、ちょうど一部屋余っているとの事で、住ませてあげて欲しいと頼《たの》んだとの事だ。

——さんの家と私の家は、長年のお取引があるらしい。

信用は互いにあり、普通にとんとん拍子《びょうし》でＯＫの方向で事が進んで行ったとの事。

でも、当事者である私を差し置いて話すのはちょっと……酷《ひど》くない？

監視《かんし》する大人が付くという訳であるし、私に話したら猛《もう》反対されると思ってたんだろうから、話さなかったんだろうけどさ。

私は保護者が付くのが嫌だとか、言うつもりは無いのにね。

我がままを言う気など無いのに、言うと思われていた事に対し、ちょっとムカついたので、詳《くわ》しく話は聞かずに、電話を切った。

間宮君に告白できない自分に対して、すでにかなりムカッとしてたのもあるんだけど。

「あ〜、もうわけわかんない！」

電話をブチ切りした後、メッセージでこれからそのお姉さんとお話ししてきなさいと、待ち合わせ場所を送ってきた。

ほんと、急である。

そして、その話が終わったら、間宮君に告白しようとか思いながら、待ち合わせ場所に向かうのであった。

8章

「引っ越《こ》しまであと少しか……」

気が付けば、引っ越しが近づいている。

引っ越しの日が近づくにつれ、俺の中にある思いがどんどんと膨《ふく》れ上がっていた。

山野《やまの》さんとの近しい距離《きょり》を手放したくない。

もう物理的には近しい距離が保てないのは分かってる。


「告白しよう」


何よりも、生徒会選挙が終わってから1か月以内に告白すると決めていた。

お隣さん同士でなくなり、次第に疎遠《そえん》になるのが怖い。

そうならないためにも、俺は今一度、覚悟を決める。

今から、山野さんの部屋に行って告白しようとした時だった。

姉さんからの電話だ。

『これから、駅前の喫茶店《きっさてん》で大事な話があります。来て貰《もら》えますか？』

『ん、分かった』

タイミングの悪い電話。

っく、覚悟したのに……とか思いながら、姉さんが指定した、待ち合わせ場所である喫茶店へと向かうのであった。

＊

駅前にある喫茶店に向かう。

理由はある。

姉さんから呼び出されたからだ。

大事な話があると言っていたが、なんで俺の部屋じゃなくて、喫茶店で話すのかはよく分からないがな。

ちょっとだけ山野さんへの告白を邪魔《じゃま》され、ムカつき気味で喫茶店に入ると、姉さんの座っている席が見えた。

なので、そこに行き、姉さんの前に腰掛《こしか》ける。

「待たせてごめん」

「いえいえ、こちらこそ急に呼んですみません」

「にしても、大事な話って何なんだ？」

大事な話と言われて呼ばれたのだ。早速《さっそく》、大事な話を聞くことにした。

引っ越しが中止になった。な～んて事だったら嬉《うれ》しいなとか思いながら、大事な話がされるの待つ。

「実はですね。今度、住む家が３ＬＤＫと話したのを覚えていますか？」

「ん、ああ。覚えてる」

「そのことをお母さんに言ったのと、昔アルバイト先で出会った女の子と再会して、その子が今一人暮らしをしている事をお母さんに話したんです」

「ん？」

いまいち、状況《じょうきょう》を飲み込むことが出来ない。

昔のアルバイト先の女の子が一人暮らし？　何が何だかさっぱりだ。

「結果私がアルバイトしていた先の経営者の娘《むすめ》さんが、一緒に住むことになりました。ちなみに哲郎《てつろう》と同年代です」

「……」

言葉を失った。

いきなり、同年代の女の子と一緒に住むことになった?

訳が分からん。

「という訳で、哲郎には注意をしておきます。絶対に手を出しちゃダメですからね?」

「いやいや、いきなり手を出すクズじゃないのは姉さんも知ってるだろ? というか、知り合いの女の子だからって気軽に一緒に暮らすとかありなのか?」

「田舎《いなか》の習性を舐《な》めちゃだめです。ほら、思い出してください。幼馴染《おさななじみ》である恵美《えみ》ちゃんの事を」

そう言われて思い出す。

気が付けば、俺の家に居て、帰らず普通《ふつう》に寝《ね》て行くとか当たり前だったな。

田舎はどこか感覚がマヒしている。

ん～、事件起きなきゃ良いんじゃね? って感じで、大丈夫《だいじょうぶ》そうなら何でもありだ。

「それでも、一緒《いっしょ》に暮らすって事は、うちとそれなりにご縁《えん》がある人ではあるんだろ?」

「はい。哲郎はピンと来ないと思いますが、私達のお父さんとお母さんが農業を始めた頃《ころ》から、お野菜を卸《おろ》しているところの娘さんです」

「ああ、納得した」

相当、昔からの付き合いがある。

親同士はビジネスパートナーでしっかりとした信頼《しんらい》関係が続いている。

だからこそ、息子《むすこ》や娘たちを一緒に暮らさせる事に問題を感じにくく、今回の件が実現したという訳だ。

「なるほどなあ……。って、わざわざ喫茶店って事はもしかして……今からここに、一緒に住む予定の人が来るのか？」

「そういう事です。そろそろ来るはずですが……」

カランカランと喫茶店のドアに付いている鐘《かね》が鳴った。

もしかして、これから一緒に住む女の子か？　と思い目を向ける。

「ん？」

「へ？」

入って来た人と目が合う。

……ま、まさかな？　そんなわけが、

「あ、楓《かえで》ちゃん。こっちです」

入って来た人は姉さんに呼ばれるがまま、俺達が座るテーブルに来た。

「……」

「……」

何も言葉が出てこない。

それくらいに緊張《きんちょう》しているというか、呆気《あっけ》に取られているというか、良く分からない。

「という訳で、哲郎。この子が新しいお家で一緒に住む予定の山野楓ちゃんです。今現在、同じアパートの住人で、同じ学校に通っている。どこかで、顔くらいは合わせてますよね？」

「え、あ、ま、まあ」

「顔見知りではあるんですね。じゃあ、もう一つだけ質問します。これから、仲良しになる予定とか、すでに仲良しだとか？　そして、恋人《こいびと》とかじゃないですよね？」

「……割と仲が良いです。学校では一緒に生徒会役員をしてる。でも、恋人ではない」

「あ、はい。今、間宮《まみや》君が言った通りであってます」

「それなら安心です」

何が安心なんだ？　と答えを聞く前に姉さんが答えを言い始めた。

「もし、二人が恋人とかだった場合、やはり一緒に住むのはお断りするつもりでした。同じ家に住まう恋人同士。言い方は悪いですが、爛《ただ》れて大変なことになりますので」

確かに同棲《どうせい》してるカップルって凄《すご》くラブラブでなんと言うか、爛れた印象を覚える。

同棲している人は大学生か社会人。そんな人たちでも歯止めが利《き》きづらくなり、そんな良くない印象を持たれるのだ。

高校生。

馬鹿《ばか》で未熟でまだまだ子供。そんな年で恋人同士での同棲とか、爛れるに違《ちが》いないのは言うまでもない。

「まあ、お母さんとかは哲郎と楓ちゃんが仲良くするのは全然気にしてないみたいですけど。私的には二人を預かる身、二人にはまともに育って欲しいので」

田舎は割と恋《こい》には自由。

人が居なさ過ぎて、恋自体が転がっていないので、逃《のが》しちゃいけない精神が染みついてしまっているのだ。

「二人が仲良くなって爛れる〜とか思ったんですけど。大丈夫そうで良かったです。そして、改めて言います。仲良くするのは良いですけど、恋人になるのはダメです。私が許しませんからね？　まあ、哲郎は気になる人が居るみたいですし、楓ちゃんには手を出さないに決まってますけど」

その好きな人が、目の前にいる山野楓さんなんですけど……と言えるわけがない空気。

そして、姉さんは言った。

「健全に仲良くこれからは三人で暮らしましょう！」

「……」

「……」

「あれ？　どうかしましたか？」

「いえ、何でもないです」

「はい、何でもないです」

アパートのお隣《となり》さんから、同じ家の同居人へ。

より一層距離は縮まったのだが、問題が生まれてしまった。

恋愛《れんあい》禁止。

姉さん曰《いわ》く、一つ屋根の下で暮らす二人が恋人な状態。

爛れた関係にならないわけがない。爛れた関係は時に人生を歪《ゆが》める。

よって、恋愛禁止。

ま、まあ、姉さんもそこまで本気じゃないよな？

というかさ、帰ったら告白しようと思ったのに、出来なくなったんだが？

あとがき

お久しぶりです。くろいです。

この度は、お隣《となり》さんと始める節約生活。２巻をご購入《こうにゅう》頂きありがとうございました。

さて、あとがきらしく、軽く本編についてでも触《ふ》れさせて頂こうかなと。

２巻では、節約生活をする仲間というちょっとした関係が、二人にどのような影響《えいきょう》を及《およ》ぼしたのかを、深く掘《ほ》り下《さ》げさせて頂きました。

肝《きも》である節約部分はちょっとお休みして、遠慮《えんりょ》なく二人の思いに内容を傾《かたむ》け、二人の互《たが》いに向ける思いをこれでもかと描《えが》きました。

互いに家の中だけでなく、学校でも一緒《いっしょ》に過ごしたい。

気が付けば、もう好きで好きで仕方が無くなっていた。

結果、二人とも前を向き、しっかりと前に進み始めた。

でも、すれ違《ちが》うのは何も自分達だけのせいじゃなく……と、あとがきから読むという人にとってはネタバレになるのでこのくらいですみません。

いきなり聞かせて頂きます。

山野さん、今回も可愛かったですよね？

山野さんですが、前回とは違った、また新しい顔を見せられたと思います。

1巻は山野さんというヒロインの魅力《みりょく》をダイレクトに伝えるために、色々な要素を薄《うす》く目立たないようにしました。

しかし、山野さんというヒロインの魅力を知って貰《もら》えた今、より彼女の魅力を引き立てるために、周囲の環境《かんきょう》であったり、アパートの外ではどのような女の子であったり、1巻では影《かげ》を潜《ひそ》めていた要素を今回は色々とお届けしてみました。

この物語は山野さんあってこその物語。

1巻でさえ可愛いという印象でしたが、2巻を読むと、可愛い山野さん以外の事は、もう何も考えられない！

それを目指して書かせて頂きました。

もちろん山野さん以外にも、新たな顔を見せた人も多いと思います。

特にうざいと名高いあの子とかですね。

加えて新キャラもたくさん出て来ました。

色々と広がりを見せ始めたこの作品をこれからも、よろしくお願いします。

最後に、この作品に関わってくださった多くの方々に謝辞を述べさせて頂きます。

U35先生。1巻に引き続き、今回も素敵なイラストありがとうございました。

担当様。2巻をweb版と大きく変えたいと相談させて頂いた時、快く引き受けてくださり、また内容の相談について親身にお付き合いして頂いたなどなど、色々とありがとうございました。

また、今名前をあげさせて頂いた方以外で、お隣さんと始める節約生活。に関わってくださった皆様《みなさま》方、本当にありがとうございました。

最後にもう一言。

読者の皆様とまたどこかで会えるのを楽しみに、お待ちしております。

くろい

富士見ファンタジア文庫

お隣《となり》さんと始《はじ》める節約生活《せつやくせいかつ》。2

電気代《でんきだい》のために一緒《いっしょ》の部屋《へや》で過《す》ごしませんか？

令和２年３月20日　初版発行

著者――くろい

発行者――三坂泰二

発　行――株式会社KADOKAWA
〒102-8177
東京都千代田区富士見2-13-3
0570-002-301（ナビダイヤル）

印刷所――株式会社暁印刷

製本所――株式会社ビルディング・ブックセンター

ISBN978-4-04-073406-4 C0193　◇◇◇

ひまり
家出中のJK。
街で困っていたところを主人公のサラリーマン・駒村に助けられ家に転がり込む。
2人の女子高生と始める、
新しい日常——。
奏音
駒村の従妹。
ワケあって同居を始める。
見た目は派手だが、
家事が得意な一面も。

しかも客は「妹になれば、真島が可愛がってくれるんだよね？」
美少女同級生の初葉!?ぐいぐい甘える彼女の距離は近すぎて──
妹になったら…今すぐ好きになってくれるよね！
!!
美少女
＼バイト／
お兄ち
Sister
ファンタジア文庫

ティナ
四大公爵家のひとつ、ハワード家に生まれた公女殿下。なぜか誰でも扱える程度の魔法すら使うことができない。
変える
はじめましょう
アレン
公爵令嬢ティナの家庭教師を務めることになった青年。魔法の知識・制御にかけては他の追随を許さない圧倒的な実力の持ち主。
発売中!

この少年
すべてが
天上優夜《てんじょうゆうや》
異世界で
レベルアップした結果、
最強の身体能力を
手に入れた少年
シリーズ好評発売中！

チートすぎる

異世界でチート能力《スキル》を手にした俺は、現実世界をも無双する

～レベルアップは人生を変えた～

I got a cheat ability in a different world, and became extraordinary even in the real world.

著：美紅
イラスト：桑島黎音

幼い頃から酷い虐めを受けてきた少年が開いたのは『異世界への扉』だった！ 初めて異世界を訪れた者として、チート級の能力を手にした彼は、レベルアップを重ね……最強の身体能力を持った完全無欠な少年へと生まれ変わった！ 彼は、2つの世界を行き来できる扉を通して、現実世界にも旋風を巻き起こし――!? 異世界×現実世界。レベルアップした少年は2つの世界を無双する！

ファンタジア文庫

切り拓け！キミだけの王道
ファンタジア大賞
原稿募集中！
賞金
《大賞》300万円
《金賞》50万円
《銀賞》30万円
選考委員
細音啓 「キミと僕の最後の戦場、あるいは世界が始まる聖戦」
橘公司 「デート・ア・ライブ」
羊太郎 「ロクでなし魔術講師と禁忌教典《アカシックレコード》」
ファンタジア文庫編集長
前期締切 8月末日
後期締切 2月末日
公式サイトはこちら！ https://www.fantasiataisho.com/
イラスト／つなこ、猫鍋蒼、三嶋くろね